ラストで君は「まさか!」と言う

望みの果て

PHP

もくじ

contents

●執筆担当

たかはし みか（p.6 ～ 12、52 ～ 55、110 ～ 118、163 ～ 169）
桐谷 直（p.13 ～ 18、83 ～ 92、140 ～ 145、198 ～ 203）
ささき あり（p.19 ～ 24、146 ～ 153、170 ～ 175）
萩原弓佳（p.25 ～ 34、43 ～ 51、70 ～ 77、135 ～ 139、154 ～ 155）
近藤順子（p.35 ～ 38、78 ～ 82、119 ～ 126、184 ～ 189）
ささき かつお（p.39 ～ 42、93 ～ 100、101 ～ 109）
長井理佳（p.56 ～ 63、127 ～ 134、190 ～ 197）
染谷果子（p.64 ～ 69、156 ～ 162、176 ～ 183、204 ～ 207）

蝋《ろう》人《にん》形《ぎょう》の館

とある町に、「蝋《ろう》人《にん》形《ぎょう》の館」と呼《よ》ばれる古い大きな家があった。

こんなふうに呼《よ》ばれるようになったのは、だいぶ前に亡《な》くなったこの家の持ち主が、趣《しゅ》味《み》の一環《いっかん》として蝋《ろう》人《にん》形《ぎょう》を集めていたためだ。

持ち主をなくした館にはツタがびっしりと絡《から》まり、庭木がうっそうとしげっている。昼間でもうす暗く、近寄《ちかよ》る人はめったにいない。

しかし、持ち主の遺言《ゆいごん》で、蝋《ろう》人《にん》形《ぎょう》が盗《ぬす》まれたり、いたずらされたりしないように、深夜の時間帯だけ警《けい》備《び》員《いん》が見まわることになっていた。

その警《けい》備《び》員《いん》というのが、この私《わたし》だ。

私《わたし》は、長年勤《つと》めている警《けい》備《び》会社からこの館に派遣《はけん》されている。

いつからかこの町の人々の間に、こんな噂《うわさ》が流れていた。

この館にある三十体近くの蝋人形《ろうにんぎょう》のうち、一体だけが夜中になると動きまわるという噂《うわさ》……。

私《わたし》はここに派遣《はけん》されてから、毎日のように夜中の見まわりを続けているが、歩きまわる蝋人形《ろうにんぎょう》に出くわしたことは一度もない。

だが、この噂《うわさ》を信じて、夏になると夜中にきもだめし感覚で館を訪《おとず》れる若者《わかもの》がいるため、だれもこの館の中にしのび込《こ》んだりしないよう、私《わたし》が目を光らせている必要があるのだ。


ある蒸《む》し暑《あつ》い夜のことだった。

私《わたし》はいつもの時間になると、蝋人形《ろうにんぎょう》がかざってある大広間へ行き、巡回《じゅんかい》しはじめた。

紺色《こんいろ》の制帽《せいぼう》・制服姿《せいふくすがた》で、手には懐中電灯《かいちゅうでんとう》、腰《こし》には警棒《けいぼう》というスタイル。

しんと静まり返った大広間に、カツーン、カツーンと自分の足音が響《ひび》く。

もし、あの噂《うわさ》が本当で、ここにもうひとつ別の足音が聞こえてきたら……。

そう思うと、急に背筋《せすじ》が寒くなった。

いやいや、そんなはずはない。今までそんなこと一度だってなかったのだから。

私《わたし》は自分で自分を励《はげ》ますと、蝋人形《ろうにんぎょう》に異常《いじょう》はないか、懐中電灯《かいちゅうでんとう》で一体一体照らしながら確認《かくにん》していった。

歴史に名を残す伝説の人物。

ハリウッドの映画俳優《えいがはいゆう》。

とある国の権力者《けんりょくしゃ》。

大記録を何度も樹立《じゅりつ》したスポーツ選手。

世界中でその曲が歌われているミュージシャン。

子どもから大人《おとな》までその名が知られている作家。

美術《びじゅつ》の授業《じゅぎょう》で必ず作品が紹介《しょうかい》されるような画家。

いずれもだいぶ前に亡《な》くなってしまった人たちばかりだ。ほかにも、どこかで一度は目にしたような人たちの人形がほとんどだが、それにまじってちっとも有名ではなさそうな人たちの人形もいくつかある。

どちらにしても、顔の表情《ひょうじょう》や服のしわまで、今にも動き出しそうなくらいリアルにつくられている。もちろん、どれも動いたりはしない……はずだが。

カタン――。

突然《とつぜん》、物音がして、私《わたし》は思わず飛びはねそうになった。

あわてて、音がしたほうを懐中電灯《かいちゅうでんとう》で照らす。

「だ、だれかいるのか？」

できるだけ語調を強めて言ったつもりだったが、その声は頼《たよ》りなく、闇《やみ》に吸《す》い込《こ》まれていくだけだった。

私《わたし》は気を強く持って、音がした廊下《ろうか》のほうへと歩いていった。窓《まど》から月あかりが差《さ》し込《こ》んでいて、大広間よりもいくらか明るい。

少しホッとして、窓《まど》の外を確認《かくにん》したが、特に異常《いじょう》はみられなかった。

廊下《ろうか》に視線《しせん》を戻《もど》すと、懐中電灯《かいちゅうでんとう》の光の中に重そうなドアが浮《う》かび上《あ》がった。この館の持ち主だった人物の部屋のドアだ。

これまでこの部屋のドアを開けてみたことは、一度もない。

私《わたし》の任務《にんむ》は、大広間の蝋人形《ろうにんぎょう》に異常《いじょう》がないかを確認《かくにん》することだけだから、そもそもこの部屋の鍵《かぎ》を持っていないのだ。

なんだかあの部屋には、今もこの館の持ち主がいるような気がしてならない。

彼《かれ》は生前、毎日夜中になると大広間へやってきて、蝋人形《ろうにんぎょう》に異常《いじょう》がないか確認《かくにん》していたのだという。

もしかしたら、夜中に動きまわると噂《うわさ》になっているのは蝋人形《ろうにんぎょう》ではなくて、この館の主の魂《たましい》なのではないだろうか。

そして、その魂《たましい》は、今もあの部屋に取り残されているのではないか。

そんなことを考えていた時、少し離《はな》れたところにある窓《まど》の外から再《ふたた》び物音が聞こえた。

急いで物音がしたほうへ向かい、窓《まど》のすぐわきの壁《かべ》にぴたりと身を寄《よ》せて様子をうかがう。

すると、何やら話し声のようなものが聞こえてきた。

どうやら、若《わか》いカップルが庭に立ち入り、窓《まど》のすぐ外側まで来ているようだ。

「これが例の〝蝋《ろう》人形《にんぎょう》の館〟なの？　一体だけ、夜中に動き出すっていう……」

私《わたし》は苦笑《くしょう》した。

またあの噂《うわさ》を信じてやってきたんだな。

「そうそう。警備員《けいびいん》の蝋《ろう》人形《にんぎょう》が動くっていうやつ」

それを聞いた瞬間《しゅんかん》、私《わたし》は何がなんだかわからなくなった。

警備員《けいびいん》の蝋《ろう》人形《にんぎょう》？

ここには、そんな人形はないはずだが……。

私《わたし》は、自分の手を見てハッとした。

本物そっくりにつくられてはいるが、この独特《どくとく》のツヤ、形を変えることのない、指や服のしわ……。

ま、まさか⁉　私《わたし》も？

「足が……足が……動かなく……なって……いく……ああ……手も……」

それきり、警備員《けいびいん》の蝋人形《ろうにんぎょう》は二度と動かなくなった。

スノー・プリンセスの恋《こい》

遠い遠い北の果て。

雪と氷に覆《おお》われた国に、冬の王がおりました。

王は絶大《ぜつだい》な権力《けんりょく》と魔力《まりょく》を持っていましたが、とても傲慢《ごうまん》で冷酷《れいこく》でした。逆《さか》らう者は決して許《ゆる》さず、恐《おそ》ろしい罰《ばつ》を与《あた》えます。冬の国の民《たみ》はみな王を怖《こわ》がり、進んで近づく者はだれひとりいなくなりました。


ある日、王は自分がとても孤独《こどく》であることに気づき、妃《きさき》を迎《むか》えようと考えました。

妃《きさき》であれば、王を慕《した》い、愛するはずだと思ったのです。

王は国の中を見てまわり、ひとりの美しい娘《むすめ》をさらうことにしました。

「お前を私《わたし》の妃《きさき》とする。望むものはなんでも与《あた》えよう」

ところが、娘《むすめ》は王の申し出をきっぱりと断《ことわ》りました。

「何も欲《ほ》しくはありません。私《わたし》には、愛する方がいるのです」

娘《むすめ》の言葉に、王は激《はげ》しく怒《いか》りました。

そして、娘《むすめ》の愛する若者《わかもの》を見つけ出すと、罰《ばつ》を与《あた》えて殺してしまいました。

「あの男は、もうこの世にはおらぬ。お前は私《わたし》を愛するしかないのだ」

娘《むすめ》は絶望《ぜつぼう》のあまり、泣《な》き伏《ふ》して言いました。

「いいえ。私《わたし》が愛するのはあの方だけです。生まれ変わっても同じです」

娘《むすめ》は愛する若者《わかもの》のあとを追うように、自《みずか》ら命を断《た》ってしまいました。


王はますます孤独《こどく》になりました。

そこで死んだ娘《むすめ》にそっくりな美しい人形をつくり、命を吹《ふ》き込《こ》むことにしたのです。

「お前に永遠《えいえん》の命を与《あた》え、私《わたし》の娘《むすめ》としよう。だが、決してこの城《しろ》から出てはならぬ」

「わかりました。お父さま」

姫《ひめ》は素直《すなお》にうなずきました。そのしぐさも声も、死んだあの娘《むすめ》にうりふたつです。可憐《かれん》なその姿《すがた》は、さながら雪の精《せい》のようでした。

王は、姫《ひめ》のあまりの美しさが心配になりました。姫《ひめ》に恋《こい》する若者《わかもの》が現《あらわ》れ、また自分がひとりになってしまうことを恐《おそ》れたのです。

王は姫《ひめ》を城《しろ》の奥《おく》に閉《と》じ込《こ》めると、氷の城壁《じょうへき》で城《しろ》を囲い、侵入者《しんにゅうしゃ》には罰《ばつ》を下しました。

ところが皮肉なことに、王が守ろうとすればするほど、美しい姫《ひめ》の噂《うわさ》は広がります。その噂《うわさ》は〝スノー・プリンセスの物語〟として、遠い外の国へも伝わっていったのでした。


それから長い年月がたち、王が遠征《えんせい》に出かけたある日。冬の国に、ひとりの若者《わかもの》が足を踏《ふ》み入《い》れました。

遠い国からやってきたその若者《わかもの》は、とても勇敢《ゆうかん》で、強い心を持っていました。

若者《わかもの》は伝説の姫《ひめ》にひと目会いたいと、冒険《ぼうけん》の旅を続けてきたのです。
冷たい吹雪《ふぶき》も氷の壁《かべ》も、若者《わかもの》の情熱《じょうねつ》を阻《はば》むことはできません。
そうして、若者《わかもの》はついに、雪の城《しろ》の中に閉《と》じ込《こ》められた姫《ひめ》を見つけ出したのです。
若者《わかもの》はおどろいたように姫《ひめ》を見つめ、白い頬《ほお》にそっと手を触《ふ》れて言いました。
「きみが……きみが、伝説の姫《ひめ》なのか……？」
姫《ひめ》は身動きすることすら忘《わす》れ、勇敢《ゆうかん》な若者《わかもの》を見つめていました。
異国《いこく》から来た若者《わかもの》の熱い眼差《まなざ》しに、ひと目で恋《こい》におちてしまったのです。
目の前の若者《わかもの》が、前世で結ばれなかった恋人《こいびと》の生まれ変わりだと思えてなりません。
冬の国の姫《ひめ》と遠い国の若者《わかもの》が、間近からおたがいを見つめ合ったその時です。
突然《とつぜん》、恐《おそ》ろしい吹雪《ふぶき》が吹《ふ》きつけました。冬の王が城《しろ》に帰ってきたのです。
「わが娘《むすめ》に近づくとは、この不届《ふとど》き者《もの》め！」
怒《いか》り狂《くる》った王は、若者《わかもの》を雪と氷で打《う》ち倒《たお》し、姫《ひめ》から遠く引《ひ》き離《はな》してしまいました。
ひとり城《しろ》の中に取り残された姫《ひめ》は、毎日泣き続けました。

二度と会えない若者《わかもの》への愛《いと》しさで、心が狂《くる》おしいほどに痛《いた》みます。

いつまでもなげき悲しむ姫《ひめ》の姿《すがた》に、王は苛立《いらだ》ちました。

しかし同時に、自分のことのように苦しさと悲しみを感じました。

姫《ひめ》が幸せでないのなら、王も幸せにはなれないことに気がついたのです。

「娘《むすめ》よ。お前はどんな危険《きけん》を冒《おか》しても、あの若者《わかもの》の元へ行きたいか？」

「ああ、お父さま。もちろんです」

「私《わたし》は大きな力を持っているが、それもこの冬の国の中でこそ。この国にとどまれば、お前には永遠《えいえん》の命がある。だが、この冬の国を出たら、お前を守るものはいないのだぞ」

「あの方なくして、永遠《えいえん》の命に何の意味がありましょう」

「すべてを捨《す》てると言うのだな？　お前ほど美しい娘《むすめ》が、あのような姿《すがた》の若者《わかもの》のために」

「外見など些細《ささい》なこと。外の国の民《たみ》とて、好んであの姿《すがた》で生まれるわけではありません」

「そこまでの強い想《おも》いとあらば、もう止めはすまい。お前の願いを叶《かな》えよう。この国の外れに、外の国をよく知る魔法使《まほうつか》いがいる。お前をあの若者《わかもの》の元へと運ぶ、魔法《まほう》の箱を手配できるという話だ。だが、その箱には、時折思いもよらぬ恐《おそ》ろしい災難《さいなん》が起こることがあるという。それでもよいか？」

姫《ひめ》は黒い大きな瞳《ひとみ》に決意を込《こ》め、王を見つめてきっぱりと言いました。

「すべて覚悟《かくご》しております。どうか、わたくしを外の国へ……あの方の住む、人間の世界へ行かせてくださいませ」

ある日の午後。宅配便《たくはいびん》を配達していた男は、次の届《とど》け先《さき》の小荷物を見て舌打《したう》ちをした。

「やべ！　配達指定をまちがえた！」

仕分けをミスして、通常《つうじょう》の配送車に積《つ》み込《こ》んできてしまったのだ。

「あーあ……。なんで真夏にこんなものを送ろうと思ったんだよ」

男は流れる汗《あせ》を腕《うで》でぬぐい、恨《うら》めしそうに宅配物《たくはいぶつ》の配送シールを見た。

【▼冷凍《れいとう》配達指定▲　品名：雪だるま】

密閉《みっぺい》された箱を振《ふ》ってみると、ピチャリと悲しい水音がした。

正直な鏡

私《わたし》は二か月前に、この家に来た。

この家は前にいた家と似《に》たようなつくりで、似《に》たような家具が並《なら》んでいるが、ベッドルームにひとつ、不思議な鏡があった。

ある時、鏡を見た同居人《どうきょにん》が、がっくり肩《かた》を落とした。

「あーあ、なんで、この鏡はこんなに正直なのかなあ。行きつけの美容院《びよういん》の鏡は、もう少しやせて見せてくれるのに」

私《わたし》は、おどろいた。

鏡に正直と嘘《うそ》つきがあるとは思わなかった。

そのうえ、もっとおどろくことが起きた。

同居人《どうきょにん》が服を着がえて、

「この組み合わせで、オシャレに見えるかしら？」

とつぶやいた時、鏡が答えたのだ。

「いや、その配色は美しくないね」

同居人《どうきょにん》は鏡の助言を聞いていたのか、いないのか。しばらく悩《なや》んでいたが、結局その服を着て出かけた。

なんだ、この鏡は？

私《わたし》は鏡を警戒《けいかい》しつつ、ひそかに観察した。

同居人《どうきょにん》が鏡の前でしゃべることに対して、それが質問《しつもん》であれば、鏡は答えるが、質問《しつもん》でなければ、何も答えない。どうやら、自分から積極的にしゃべるタイプではないようだ。

鏡は動けないようだから、急に襲《おそ》ってくることはないだろう。が、まだ見せてない能《のう》力《りょく》があるかもしれない。

私《わたし》も鏡としゃべってみたい。でも、近づいて大丈夫《だいじょうぶ》だろうか……。

私《わたし》は少し離《はな》れた場所から、鏡の観察を続けた。


それから一週間後、私《わたし》は同居人《どうきょにん》が見ていた映画《えいが》に釘《くぎ》づけになった。

「鏡よ、鏡。世界でいちばん美しいのはだあれ？」

という女王の問いに、

「それは、あなたです」

と、鏡が答えるのだ。

私《わたし》は、あんぐりと口を開けた。まるで、うちにある鏡ではないか。

むくむくと、これまでにない願望が膨《ふく》らんできた。

私《わたし》も鏡に聞いてみたい。世界でいちばん美しいと、言われたい。

でも、ちがうと言われたら、はずかしくて、二度と鏡に近づけないだろう。

聞きたい、けど、聞けない。

私《わたし》はもんもんと、遠くから鏡を見つめた。

翌朝《よくあさ》、同居人《どうきょにん》が鏡を見つめて、ため息をついた。

「顔がむくんでる。今日の私《わたし》、最高にブサイクだわ」

すると、質問《しつもん》ではないのに、鏡が答えた。

「いや、大丈夫《だいじょうぶ》。昨日《きのう》と同じだよ」

へえー、鏡が同居人《どうきょにん》をなぐさめた。案外、優《やさ》しいヤツなのかも……。

鏡になぐさめられても、同居人《どうきょにん》は浮《う》かない顔のまま。シャワーを浴びにバスルームに入っていった。

私《わたし》はそろそろと、鏡に近づいた。

「あなたは、優《やさ》しいのね」

鏡は何も答えない。

「あなたは、正直なの？」

少し間があき、鏡が答えた。

「嘘《うそ》はつかない」

私《わたし》は次の言葉が浮《う》かばず、口をつぐんだ。

いや、ずっと聞きたかった言葉だけが頭にあった。

どうしよう。聞いてみようか、やめておこうか。

でもきっと、はずかしい質問《しつもん》をしても、この鏡はあっさり流してくれるだろう。

私《わたし》は一度深呼吸《しんこきゅう》をしてから、尋《たず》ねた。

「鏡よ、鏡。世界でいちばん美しいのはだあれ?」

すると、鏡が答えた。

「あのさー、美しさの基準《きじゅん》って、地域《ちいき》によってちがうんだよ。世界一っていうのは、決められないいんじゃないかなあ」

私《わたし》はとまどった。

「ええと、では、どう尋《たず》ねればいいの?」

「もう少し範囲《はんい》をしぼってくれると、ありがたいな」

「じゃあ、この国でいちばん美しいのは、だあれ？」

「うん。だいぶしぼれてきたね。ただ、美しい基準《きじゅん》って、個々《ここ》によってもちがうよね。やせているほうが美しいと思う人がいれば、ぽっちゃりしているほうが美しいと思う人もいるだろう？」

私《わたし》は再《ふたた》び考えた。

「では、今、この家の中で、あなたが美しいと思う生きものはだあれ？」

「今、この家にいる生きものなら、きみだね」

ふっと気持ちが軽くなり、私《わたし》は弾《はず》む足取りでベッドルームを出た。

すると、バスタオルを頭に巻《ま》きつけた同居人《どうきょにん》が、私《わたし》に缶詰《かんづめ》を見せた。

「ネネちゃん、ごはんよ」

「ニャー」

私《わたし》はすまし顔で、同居人《どうきょにん》の足元にすり寄《よ》った。

望みの果て

「お礼に願いごとを叶《かな》えてあげよう」

下半身が半透明《はんとうめい》なおじいさんは、幸樹《こうき》たちに向かってそう言った。

中学校の通学路にある喜志音神社《きしねじんじゃ》。幸樹《こうき》、隆《たかし》、有希《ゆき》、啓太郎《けいたろう》の四人はこの神社の裏《うら》にあるマンションに住んでいる。

ふだんは部活もあって別々に登下校しているが、テスト期間中には、抜《ぬ》け道《みち》として通るこの神社の境内《けいだい》で四人がそろうこともある。

十月に入ってすぐ、中間テストの初日に幸樹《こうき》たちは、賽銭箱《さいせんばこ》の裏《うら》に鏡が落ちているのを見つけた。ちらばっているカケラを四人で集め、鏡にはめた瞬間《しゅんかん》、フワフワと白い煙《けむり》が出てきて、下半身が半透明《はんとうめい》なおじいさんが現《あらわ》れたのだ。

「ありがとう。猫《ねこ》がご神体を持ち出してね、いやあ、どうなるかと思ったよ」

自分がこの神社の神さまだというおじいさんは、四人の顔を順番に見つめて言った。

「お礼に願いごとを叶《かな》えてあげよう。ひとりひとつね。みんな手を出しなさい」

おじいさんは全員の手のひらに、折りたたんだ和紙をひとつずつのせた。

「中には飴《あめ》が入っておる。願いが決まったら、それを唱えながら食べなさい。といってもいつまでも霊力《れいりょく》が続くわけではない。そうじゃな、期限《きげん》は三か月、十二月三十一日までに願いごとを唱えなさい」

おじいさんの姿《すがた》がふっと消えてしまうと、四人は顔を見合わせた。

隆《たかし》が手をあげる。

「僕《ぼく》、お母さんが買った宝《たから》くじが当たるようにお願いするよ」

「えっ、もう願いを決めたのか？　もっと慎重《しんちょう》に考えろよ」

幸樹《こうき》はおどろいて隆《たかし》を見たが、隆《たかし》は単なる思いつきで言ったわけでもなさそうだった。

「実はね、うち、借金があるんだ。お父さんの仕事がうまくいってないのに、お母さんが買い物好きで。だからお母さんが宝《たから》くじで十億円を当てますようにってお願いするよ」

隆《たかし》はみんなの前で飴《あめ》をなめながら、「十億円当たりますように」と何度も言った。

すると翌週《よくしゅう》の宝《たから》くじで、隆《たかし》の母親は本当に十億円を当てた。

「スゴいよ、あの神さま、本物だったんだよ」

次に飴《あめ》をなめたのは有希《ゆき》だ。

「十一月末に、アイドルの全国オーディションがあるの。優勝《ゆうしょう》してアイドルになる」

「いきなり全国《ぜんこく》優勝《ゆうしょう》をねらうの？」

ダンスが得意な有希《ゆき》だが、全国オーディションともなるとそうかんたんにはいかないのでは、という幸樹《こうき》の心配をよそに、有希《ゆき》はあっさり優勝《ゆうしょう》してしまった。


十一月の下旬《げじゅん》、神社には幸樹《こうき》と啓太郎《けいたろう》のふたりがいた。啓太郎《けいたろう》が幸樹《こうき》に尋《たず》ねる。

「お前はどうすんの？」

「僕《ぼく》は、塾《じゅく》のテストかな。受験に有利な進学塾《しんがくじゅく》に行きたいんだけど、入塾《にゅうじゅく》テストが難《むずか》しくて。啓太郎《けいたろう》は？」

「俺《おれ》はもうお願いしたよ」

「えっ、何？」

幸樹《こうき》が聞いても啓太郎《けいたろう》はにやにやするばかり。

「啓太郎《けいたろう》くーん」

女の子の声がして幸樹《こうき》が振《ふ》り向《む》くと、そこへやってきたのは、学校一の美人と評判《ひょうばん》の清水《しみず》ありさだった。

「ありさちゃんとつき合えますように……ってお願いしたんだ」

たしかに啓太郎《けいたろう》は以前からカノジョが欲《ほ》しいと公言しているわりにはまったくモテなかった。それが学校一の美人とつき合うことになったとは。

幸樹《こうき》は、呆《あき》れるような、感心するような思いでふたりを見送った。

(三人とも願いが叶《かな》ってよかったな。あとは僕《ぼく》の入塾《にゅうじゅく》試験だけか……)

しかし入塾《にゅうじゅく》テストの前日になって、隆《たかし》が泣きながら幸樹《こうき》に電話をかけてきた。

幸樹《こうき》は、すぐに神社に集まるよう全員に連絡《れんらく》した。

「お父さんとお母さんが離婚《りこん》するって。毎日けんかばかりしてるんだ」

隆《たかし》の話を聞いてみると、借金を返しても余《あま》りある多額《たがく》のお金をめぐって、両親は毎日言い争いをしているらしい。

「こんなことになるなら、お金がないころのほうがよかった。離婚《りこん》は嫌《いや》だよ」

しょんぼりする隆《たかし》の声を聞いたせいか、隣《となり》で有希《ゆき》も泣き出した。

「私《わたし》も……。レッスンが厳《きび》しくてつらい……。歌もダンスも難《むずか》しいの。私《わたし》ひとりができないでいると、みんな『あの優勝《ゆうしょう》はお金で買ったんじゃないか』ってかげ口を言うし」

そこへ啓太郎《けいたろう》が、腕《うで》にギプスをはめてやってきた。顔は青黒くはれている。

「啓太郎《けいたろう》、そのケガどうしたんだ」

「ありさの元カレにやられた。人の女を取るなって。ありさ、ガラの悪い連中とつながってたみたいで……。もう学校行けないよ」

幸樹《こうき》はうなだれている三人の顔を見て、あわれな気持ちになった。どうやら願いごとを叶《かな》えてもらっても幸せになれるとは限《かぎ》らないようだ。

期限最終日《きげんさいしゅうび》の十二月三十一日まで悩《なや》み、その日の夜、幸樹《こうき》は飴《あめ》を口に入れた。

隆《たかし》が手をあげる。

「僕《ぼく》、お母さんが買った宝《たから》くじが当たるようにお願いするよ」

(成功だ!)幸樹《こうき》は自分の目の前に、三か月前の隆《たかし》、有希《ゆき》、啓太郎《けいたろう》がいることを確認《かくにん》するとほっと胸《むね》をなでおろした。

幸樹《こうき》は『三か月前に戻《もど》ってもう一度願いごとをやり直させてくれ』と願いながら飴《あめ》をなめたのだ。

「幸樹《こうき》、聞いてる?」

隆《たかし》がきょとんとした顔で幸樹《こうき》を見る。

(これは僕《ぼく》の願いだから、僕《ぼく》だけ記憶《きおく》が残って、みんなの記憶《きおく》は消えているんだ)

「実はね、うち、借金があるんだ。お父さんの仕事がうまくいってないのに、お母さんが買い物好きで。だからお母さんが宝《たから》くじで十億円を当てますようにってお願いするよ」

「やめとけ！」

幸樹《こうき》の強い口調に、隆《たかし》はびくっと身体《からだ》を震《ふる》わせた。

「あまりお金が多すぎると、争いの種になる。お父さんの借金っていくらなんだ」

「八百万……」

「じゃあ、一千万にしとけよ。それくらいがちょうどいい」

「でも……あって困《こま》るもんじゃないし」

「困《こま》るよ、ぜったい困《こま》る。お金で人は人格《じんかく》が変わることもあるんだ」

隆《たかし》は、幸樹《こうき》の言う通り「一千万円が当たりますように」と言いながら飴《あめ》をなめた。

同じように、有希《ゆき》には全国オーディションはあきらめさせ、市営ホールで上演《じょうえん》される「市民ミュージカル」のオーディションに応募《おうぼ》させた。それならほどよく楽しいだろう。

「それから、啓太郎《けいたろう》、清水《しみず》ありさはダメだ。彼女《かのじょ》は交友関係が好ましくない。同じクラスの道川萌絵《みちかわもえ》にしておけ」

「ええっ、俺《おれ》、まだ何も言ってないよ」

「わかるんだよ。とにかく清水《しみず》ありさはダメだ。ぜったいダメだからな」

「よくない噂《うわさ》があることを知ってはいたけど……」

数日後、幸樹《こうき》は一緒《いっしょ》に下校する啓太郎《けいたろう》と道川萌絵《みちかわもえ》を見て安心した。

(三人ともよかったな)

幸樹《こうき》は今回も、全員が幸せになれることに自分の願いごとを使いたいと考えていた。

しかし面と向かってそう言うのはテレるので、十一月の末、啓太郎《けいたろう》に「お前はどうすんの?」と聞かれた時は「まだ決めてない、十二月の入塾《にゅうじゅく》テストかな」と適当《てきとう》に答えた。

十二月、幸樹《こうき》の入塾《にゅうじゅく》テストの日、隆《たかし》、有希《ゆき》、啓太郎《けいたろう》が神社で幸樹《こうき》を待《ま》ち伏《ぶ》せていた。

幸樹《こうき》を見ると啓太郎《けいたろう》は「お前、願いごとは『入塾《にゅうじゅく》テスト合格《ごうかく》』にしたのか? なら落ちるぞ」とうす笑いを浮《う》かべながら言った。

「えっ、どうして?」

「お前、うざいんだよ。人の願いごとに口出ししたりして」

その言葉に隆《たかし》と有希《ゆき》も続く。

「やっぱりもっとお金が欲《ほ》しいと思ったんだ。借金を返してお父さんが車を買ったら、もうお金がないんだ。ゲーム機も新しい自転車も欲《ほ》しかったのに」

「私《わたし》も。市民ミュージカルなんて、近所の人しか見に来ないのよ。スカウトなんてされないの。それなら全国オーディションのほうがよかった。デビューするきっかけさえあれば、あとは努力するだけだもの」

啓太郎《けいたろう》は幸樹《こうき》の前に仁王立《におうだ》ちになる。

「道川萌絵《みちかわもえ》にしておけ、なんて偉《えら》そうに。あの程度《ていど》の女子なら、神さまに頼《たの》むほどでもない。だから俺《おれ》の願いは使わなかった。道川萌絵《みちかわもえ》には自分で告白して、俺《おれ》は『願いごとを言う期限《きげん》を早めて十一月三十日までにして欲《ほ》しい』って願ったんだ」

三人がにやにや笑い出す。

「だからお前の願いは叶《かな》わない。この半月、お前の姿《すがた》を見ているの、おもしろかったぜ」

幸樹《こうき》は深く息を吐《は》いた。

「だから啓太郎《けいたろう》は二週間でフラれたのか。おかしいと思っていたんだ。フラれた時にはもう、そのくだらない願いごとをしたあとだったんだね。……きっときみたちのような人間はいくら願いごとが叶《かな》っても、必ず不満を言うんだろうね」

そして幸樹《こうき》は三人にこれまでの経緯《けいい》をすべて話した。

「というわけで、僕《ぼく》はこの三か月間を二回経験《けいけん》しているから、入塾《にゅうじゅく》テストの問題もその答えも知っている。だから合格《ごうかく》して当然なんだ。合格《ごうかく》を願うと言ったのはウソだよ。はずかしいから黙《だま》っていたけど、あの時にはもう願いごとを言っていたんだ『僕《ぼく》と、僕《ぼく》が大切に思う人たちが、一生幸せに暮《く》らせますように』って。この瞬間《しゅんかん》まではきみたちも『僕《ぼく》が大切に思う人たち』だったんだけどね」

幸樹《こうき》は三人を残して入塾《にゅうじゅく》テストへ向かった。


その後、幸樹《こうき》は塾《じゅく》でも学校でもすぐに新しい仲間ができて、幸せにすごしている。

母の形見

三時間目の途中《とちゅう》、突然《とつぜん》教室の扉《とびら》から顔を出したのは、白髪《しらが》交じりのクラス担任《たんにん》だ。

「谷崎《たにざき》さん、ちょっといいですか？」

「私《わたし》……ですか？」

(何かマズいことしたかな？)

首をひねってみるものの、理由は浮《う》かばない。そのまま、先生たちがすっかり出払《ではら》った職員室《しょくいんしつ》へ移動《いどう》すると、向かい合って椅子《いす》に座《すわ》る。

「落ち着いて聞いてくれるね」

「……はい」

そう返事はしたものの、この前フリ。いい話のはずがない。

「実はさっき、きみのお母さんが交通事故《じこ》に遭《あ》ったと連絡《れんらく》があった」

「えっ⁉　……母は、母は無事なんですか？」

しばしの沈黙《ちんもく》。実際《じっさい》には五秒程度《ていど》だっただろう。そして、

「……即死《そくし》だったそうだ」

担任《たんにん》がそう言った瞬間《しゅんかん》、私《わたし》は、真《ま》っ暗闇《くらやみ》の中に落ちていった。

楽しいことが大好きだった母。話し出したら止まらない母。

私《わたし》の友だちにまで、余計《よけい》なおせっかいを焼いていた母。

「突然《とつぜん》すぎるよ……」

いろんな母を思い出しているうちに、なみだがとめどもなくあふれ出る。けんかだってしたけれど、いなくなって気づく。もっと母のこと、大切にすればよかった……。

葬儀《そうぎ》を終え家へ帰ると、父から、

「これは……お前が持っていたほうがいいな」

と、母が祖母《そぼ》からゆずり受けずっと大切にしていた指輪を渡《わた》された。キラキラかがやく美しいリング。自分の部屋へ戻《もど》り、そのまぶしさに目を奪《うば》われていると、

「そんな暗い顔しないで！　元気を出して！」

聞き覚えのある明るい声が、突然《とつぜん》部屋に響《ひび》き渡《わた》った。

「え？」

「こっちこっち！」

「え……まさかお母さん⁉」

「おどろいた？　成仏《じょうぶつ》できそうになかったから、この指輪に取りついたの」

「ウソでしょ……」

「あんなとこで、あっけなく死ぬなんて思わなかったもの。あきらめきれないわよ」

いつも通りの明るいテンションに、気持ちが温かくなっていく……。ところが、

「宿題やったの？」

「忘《わす》れ物はない？」

「夜更《よふ》かししすぎ！」

「カレシはできたの？」

「部屋の掃除《そうじ》はもっとちゃんとしなさい！」

と、何かとうるさい母。あれからたった一か月だというのに、すでに私《わたし》はギブアップ寸前《すんぜん》。そう、生きていたころとちがい、母には家事やパートがない。つまり二十四時間体制《たいせい》で、私《わたし》を監視《かんし》している状態《じょうたい》の日々。いくら話ができても、これでは息が詰《つ》まってしまう。だから私《わたし》は……リングを箱にしまった。祖母《そぼ》へ指輪を返してしまうつもりなのだ。

そして……静かな毎日が訪《おとず》れてから、さらに一か月。

そろそろ祖母《そぼ》も限界《げんかい》を迎《むか》える時期にちがいない。

「うるさいから、持って帰ってくれ」

と、電話がかかってくるのは確実《かくじつ》。その時、いったいどんな返事をしようか。

私《わたし》は、まだ答えを決められないでいる。

カッパ沼《ぬま》の伝説

江戸時代《えどじだい》の中ごろ。山あいにある、村のはずれに沼《ぬま》があった。

木々に囲まれたその沼《ぬま》は昼間でもうす暗く、大人《おとな》でも近づく者はいなかった。いつしかこの沼《ぬま》にはカッパがいるという噂《うわさ》が流れるようになった。

ある日、村の若者《わかもの》たちが集まって話をしていた。

「子どものころ、オヤジに連れられて沼《ぬま》の横を通った時、緑色の手が水面からニョキッと出てきたのを見た気がする」

「オイラも、あの近くでグワッ、グワッって、変な鳴き声を聞いたことがある」

それぞれがカッパの話をしていたところ、

「フン、オメエらの話をさっきから聞いているが、本当にカッパがいるかなんて、わからねえじゃねえか。あんなもの、噂《うわさ》に決まってる」

村でいちばん度胸《どきょう》がある五郎兵衛《ごろべえ》が怒《おこ》ったように言った。

「五郎兵衛《ごろべえ》は怖《こわ》くないのかよ」

「カッパに引《ひ》きずり込《こ》まれたら、命を取られてしまうんだぞ」

「ちっとも怖《こわ》くねえな」

そう言うと、五郎兵衛《ごろべえ》は立ち上がった。

「なんならオレがこれから沼《ぬま》に行って、カッパを捕《つか》まえてきてやる。そうすれば、お前たちだって、怖《こわ》いだのなんだの言わなくなるだろう」

五郎兵衛《ごろべえ》は、度胸《どきょう》があることを示《しめ》したい気持ちもあって、そう言ったのだ。

「やめたほうがいいんじゃないか」と心配する仲間たちの忠告《ちゅうこく》も聞かないで、五郎兵衛《ごろべえ》はカッパを捕《つか》まえるための縄《なわ》を持って、ひとりで沼《ぬま》へ向かっていった。

(見られるものなら、一度見てみたいもんだ。オレに怖《こわ》いものなんてない)

そう思っていた五郎兵衛《ごろべえ》だが水だけは苦手だった。彼《かれ》は泳げなかったのだ。

沼《ぬま》にたどり着くと、昼間なのにあたりはうす暗く、今にもカッパが出てきそうな雰囲《ふんい》気《き》だった。水面は藻《も》や水草がいっぱいで濃《こ》い緑色になっている。

（これじゃあ、カッパがどこにいるのか、わからないな。よし、しばらく待って、カッパが出てきたらおびき寄《よ》せて捕《つか》まえてやる）

五郎兵衛《ごろべえ》は沼《ぬま》のふちにどかっと座《すわ》り、腕《うで》組《ぐ》みをして水面をにらみつけた。

ところが、カッパが現《あらわ》れる気配はない。待ちくたびれた五郎兵衛《ごろべえ》はいつしか腕《うで》組《ぐ》みをしたまま、こくりこくり、ゆらゆら……あっ！

五郎兵衛《ごろべえ》は体勢《たいせい》を崩《くず》して沼《ぬま》の中に落ちてしまった。

（まずいぞ。おぼれちまう！）

岸に戻《もど》ろうとふんばっても、沼底《ぬまぞこ》の泥《どろ》は深くてズブズブと足が埋《う》まってしまう。力持ちの五郎兵衛《ごろべえ》だったが、思うように身体《からだ》が動かず、どんどんしずんでいく。

あわてて手をバタバタさせるも、水草や手にした縄《なわ》が絡《から》まってしまい。身体《からだ》の自由がますますきかなくなる。顔に緑の藻《も》がはりつく。ガボガボと水を飲んでしまう。

その時、「おおーい」と、遠くから声が聞こえてきた。

「五郎兵衛《ごろべえ》。どこにいるんだぁー」

戻《もど》りが遅《おそ》いのを心配した村人たちが、探《さが》しにきてくれたのだ。

（た、助かった）五郎兵衛《ごろべえ》は縄《なわ》や水草が絡《から》まった腕《うで》をバタバタ動かし、藻《も》がはりついて緑色になった顔で叫《さけ》んだ。けれど口に水が入り、思ったように声が出せない。

「グワッ、グワッ、ゲゲ、グゲェ～（た、助けてくれ～）」

その姿《すがた》を、やってきた村人たちが見た。

「カッパだぁ！」

「逃《に》げろっ。沼《ぬま》に引《ひ》きずり込《こ》まれるぞ！」

うわぁー、うわぁーと叫《さけ》びながら、村人たちは沼《ぬま》から逃《に》げていった。

その後、命からがら沼《ぬま》からはい上がることができた五郎兵衛《ごろべえ》だったが「カッパに捕《つか》まりそうになったが、なんとか逃《に》げてきた」と、とっさに嘘《うそ》をついてしまった。

こうしてこの村の沼《ぬま》には、カッパがいるという伝説がずっと残ったのだった。

恋《こい》と毒草とお弁《べん》当《とう》

史奈《ふみな》は、高校の入学式で恋《こい》に落ちた。相手は同じクラスの串本恭一《くしもときょういち》。生まれて初めてのひとめぼれに心躍《こころおど》らせる、楽しい高校生活がスタートした。

ところが、整った顔立ち、長い手足、サラサラの髪《かみ》、さわやかな笑顔《えがお》の恭一《きょういち》にときめいた女子生徒は史奈《ふみな》以外にも大勢《おおぜい》いた。あちこちで「恭一《きょういち》くんカッコいいね」とひそひそ声が聞こえ、史奈《ふみな》は気が気でない。

当の恭一《きょういち》は、そんな女子の視線《しせん》はまったく気にせず、どちらかというと女子には冷たい態度《たいど》をとる人だった。かといっていつも冷たいわけではなく、クラス当番や授業中《じゅぎょうちゅう》など、用がある時は親切に接《せっ》してくれる。

手が届《とど》きそうで届《とど》かない、そんな雰囲気《ふんいき》がよけいに女子たちの気持ちをあおった。さらに、そういう性格《せいかく》だからなかなか特定の彼女《かのじょ》ができない、という事実も、みんながあきらめきれない要因《よういん》だった。

(このまま、遠くから見つめているだけで終わるのはイヤ。なんとかして一歩、恭一《きょういち》くんに近づきたい)

夏休み、史奈《ふみな》は恋愛《れんあい》について猛《もう》勉強した。「男の子をその気にさせる方法」「ホレさせる女になる」といったあらゆるモテるためのサイトを熟読《じゅくどく》し、占《うらな》いやおまじないサイトに書かれていることを実践《じっせん》した。

そうして『とっておきの両想《りょうおも》い作戦』を立て、二学期に臨《のぞ》んだ。

史奈《ふみな》は作戦にそって、まず、二学期のクラス委員決めで保健《ほけん》委員になった。保健《ほけん》委員は、授業中《じゅぎょうちゅう》に気分の悪くなった生徒を保健室《ほけんしつ》まで送る役目がある。

【病気の時、気持ちがしずんでいる時に、優《やさ》しくされると好きになりやすい】とネットで見かけたので、弱った恭一《きょういち》が保健室《ほけんしつ》に行く時に同行するのは、絶好《ぜっこう》の恋《こい》のチャンスだと考えたわけである。

では次に「いつ恭一《きょういち》が授業中《じゅぎょうちゅう》に気分が悪くなるか」だが、これは待っていてもらちがあかないので、そのきっかけを自分でつくることにした。

史奈《ふみな》は『身近な野草』という本で雑草《ざっそう》について研究し、道路わきや川べり、家の周辺《しゅうへん》に、食べられる草や食べると体調を崩《くず》す草が豊富《ほうふ》に生えていることを知った。

そして「二、三日間、体調が悪くなる草」を見つけた史奈《ふみな》は、その草を摘《つ》んで帰り「かつお節を多めにからめたおひたし風」に調理した。食べると三十分〜一時間ほどでおなかが痛《いた》くなるらしい。もちろん命を落とすようなことはなく、二、三日で自然治癒《ちゆ》する。

これを恭一《きょういち》のお弁当《べんとう》に入れれば、五時間目の途中《とちゅう》で、恭一《きょういち》は保健室《ほけんしつ》に行くだろう。保《ほ》健室《けんしつ》までゆっくり歩き、励《はげ》まし、「授業《じゅぎょう》のノートは私《わたし》に任《まか》せて」と言い、放課後《ほうかご》は授業《じゅぎょう》のノートを持って恭一《きょういち》の家に行く。決して恩着《おんき》せがましくせず、しつこくせず、お礼を言う間もないほど素早《すばや》く帰って余韻《よいん》を残す。

この一連の流れを、史奈《ふみな》は夏休みの間に何度も脳内《のうない》シミュレーションしていた。恭一《きょういち》からの告白シーンまで、イメージトレーニングはばっちりだ。

決行は体育の授業《じゅぎょう》が四時間目にある木曜日を選んだ。

具合が悪いと体育を見学した史奈《ふみな》は、さらに授業《じゅぎょう》の途中《とちゅう》で「体がだるい」といって教室に戻《もど》った。

史奈《ふみな》は恭一《きょういち》のかばんからお弁当箱《べんとうばこ》を取り出した。

(ごめんね、恭一《きょういち》くん。この埋《う》め合《あ》わせはカノジョになってから何倍にもして返すから)

素早くフタを開けるとおはしでプチトマトを端《はし》へ寄《よ》せて、あいた部分に雑草《ざっそう》のおひたしをねじ込《こ》んだ。

と、その時、廊下《ろうか》に現《あらわ》れた人影《ひとかげ》が目に入る。

ガラガラッ。ドアを開けたのは恭一《きょういち》だった。

「あ、ごめん、入ってよかった？　オレ、体操服《たいそうふく》のズボンのゴムが切れちまって……」

ズボンを押《お》さえながら近づいてきた恭一《きょういち》は、史奈《ふみな》の手元に気がつくと、一転して厳《きび》しい表情《ひょうじょう》になる。

「お前、何してんの？」

史奈《ふみな》は恭一《きょういち》のお弁当箱《べんとうばこ》を開け、おはしを手にしたままだ。

「あっ、あの……」

頭が真っ白で、どんな言いわけも頭に浮《う》かばない。「怒《おこ》られる」と思いきや、恭一《きょういち》は、いつもより優《やさ》しい口調でいった。

「どした？　腹《はら》、減《へ》ってんのか？」

恭一《きょういち》は近づいてきて、史奈《ふみな》の前に座《すわ》った。怒《おこ》ってはいないようだ。

「いいよ、食えよ」

食えって何？　何？　どういうこと？

「弁当《べんとう》、持たせてもらえないのか？」

そのひとことで、史奈《ふみな》は恭一《きょういち》の言った言葉の意味がわかった。恭一《きょういち》は、史奈《ふみな》のことを〝弁当泥棒《べんとうどろぼう》〟と思ったのだ。事情《じじょう》があって、お弁当《べんとう》を持ってこられない生徒だと考えたのだろう。今の恭一《きょういち》の目は、雨の中に捨《す》てられた子猫《こねこ》を見る目だ。

「あ、あう」

史奈《ふみな》はうなずいた。彼《かれ》に毒草を食べさせようとしていたのがバレるよりはマシだ。とりあえず誤解《ごかい》されておこう。

「いいよ。腹減《はらへ》ってんだろ。食いなよ」

今まで聞いたことのない、優《やさ》しい「いいよ」に泣きそうになる。こんな温かい「いいよ」が言える人なんだ、と史奈《ふみな》は感動した。

他人、特に女子とは、必要以上に仲よくしない人だから、うちとけた表情《ひょうじょう》、親しみのこもった声、すべてが初めてだ。

（ほれ直しちゃう……そんなこと言ってる場合じゃないけど）

恭一《きょういち》の視線《しせん》にうながされて、史奈《ふみな》は弁当《べんとう》にはしをつけた。

「お、おいしい」

「だろっ。今日のハンバーグは、レンコン入れてもらったからな。レンコン好きなんだ」

ほほ笑《え》む恭一《きょういち》に、史奈《ふみな》の心はとろけてしまいそうになる。

恭一《きょういち》の目線がお弁当箱《べんとうばこ》にうつるのを見て、史奈《ふみな》はハッとした。

(毒草が見えちゃう!)

史奈《ふみな》は自分が弁当泥棒《べんとうどろぼう》ではなく毒物混入犯《こんにゅうはん》だということを思い出した。もし、恭一《きょういち》が、一品増《ふ》えていることに気づいたら……。

パク。ムシャムシャ。とっさに食べた。毒草を隠《かく》したいという思いから、瞬間的《しゅんかんてき》に手と口が動き、史奈《ふみな》は毒草を食べてしまった。

予定通り、お昼に食べた毒草は、五時間目に暴《あば》れ出《だ》した。予定とちがうのは、恭一《きょういち》のおなかではなく、史奈《ふみな》のおなかが痛《いた》くなったことだ。

家に帰っても激痛《げきつう》は引かず、病院に行くと、そのまま二泊《にはく》三日間の入院となった。食べたものを聞かれたので、家に帰って古い牛乳《ぎゅうにゅう》を飲んだと嘘《うそ》をついた。

病院で一晩《ひとばん》すごした史奈《ふみな》は、昨夜のおなかの痛《いた》みを思い出し、こんなものを恭一《きょういち》に食べさせようとしていたなんて……と反省した。

(バチが当たったんだ……)

家からタオルや着替《きが》えを持ってきてくれた母親にも申しわけない気持ちが募《つの》る。

夕方になって、病室へ見知らぬ女性《じょせい》がやってきた。後ろに恭一《きょういち》の姿《すがた》が見える。

（やだっ！　なんでここに!?　お見舞《みま》いに来てくれたの！）

史奈《ふみな》はベッドの上で飛《と》び跳《は》ねたくなった。

史奈《ふみな》の母親が「中へどうぞ」と誘《さそ》うが、ふたりは病室の中へ入ろうとしない。

「少しお話が……」

といって史奈《ふみな》の母親を廊下《ろうか》へ連れ出してしまった。

史奈《ふみな》はそうっとベッドから降《お》りて扉《とびら》に近づいた。何かおかしい。高校生男子がクラスメイトのお見舞《みま》いに、母親とともにやってくるだろうか？

「……ですので、私《わたし》の持たせたお弁当《べんとう》を史奈《ふみな》さんが食べてしまったらしいんです。それでおなかが痛《いた》くなったんだとしたら、私《わたし》のせいかと思いまして……」

「はあ……、でもどうしてうちの娘《むすめ》がお宅《たく》のお弁当《べんとう》を？」

母親のけげんそうな声がする。

（どうしよう！　こういう展開《てんかい》は考えていなかった）

あわてる史奈《ふみな》に、扉《とびら》の向こうで追《お》い打《う》ちをかけるように、恭一《きょういち》の声がする。

「あのっ、史奈《ふみな》さんに、お弁当《べんとう》をつくってあげてください！」

声の調子で恭一《きょういち》が頭を下げたのがわかった。絶句《ぜっく》している母の様子が目に浮《う》かぶ。

(私《わたし》のために頭を下げてくれるなんて、さらにほれ直しちゃう！　それどころじゃないけど)

その様子を一部始終、お見舞《みま》いに来ていたクラスメイトが見ていたらしい。あっというまに弁当泥棒《べんとうどろぼう》の話はクラス中に知《し》れ渡《わた》り、友だちからメールがくる。

「弁当泥棒《べんとうどろぼう》の件《けん》、間接《かんせつ》キスねらいの変態《へんたい》って言われてるけど本当？」

毒草と間接《かんせつ》キスとどちらが罪《つみ》は軽《かる》いのだろう。

史奈《ふみな》は母に叱《しか》られながら、もう自分には向けられないであろう恭一《きょういち》の笑顔《えがお》と、彼《かれ》の誠《せい》実《じつ》な態度《たいど》を思い出して泣かずにはいられなかった。

ラスボス

小さな町のはずれに取り残されたようにぽつんとある、すすけた建物。

真夜中、だれもいないはずのフロアから話し声が聞こえる。

「桃太郎《ももたろう》さんって、鬼《おに》を退治《たいじ》したことがあるんですよね？」

「えっ、鬼《おに》って強いんでしょ？　じゃあ、桃太郎《ももたろう》さんってとっても強いのね！」

背中《せなか》にキラキラと光る羽の生えた妖精《ようせい》たちが、桃太郎《ももたろう》にもらったきびだんごを頬張《ほおば》りながら、口々に言い合っている。

「いや、それほどでもないよ。サルと犬とキジもいたし……」

桃太郎《ももたろう》が照れくさそうにしていると、

「オレにもちょうだい」「わたしにも」

と、あちこちから声がして、さまざまな物語の登場人物たちが集まってきた。

金太郎《きんたろう》に浦島太郎《うらしまたろう》、雪男、シンデレラ、魔法使《まほうつか》い、フック船長、やまんば、ドラキュラ、オオカミ男、ウサギ、キツネ、ワニ……。

ここは個人が営《いとな》んでいる小さな私設《しせつ》図書館。いつからか夜中になると、本棚《ほんだな》から本が飛び出し、その中から登場人物が出てきて情報交換《じょうほうこうかん》をしたり、自分が所属《しょぞく》する物語の中からおやつを持ち寄《よ》って食べたりするようになっていた。

「オレにもくれよ」

くぐもった声がして、桃太郎《ももたろう》が振《ふ》り向《む》くと、全身つぎはぎだらけの大男がのそっと立っていた。フランケンシュタインだ。

大男と桃太郎《ももたろう》を見比《みくら》べながら、妖精《ようせい》が聞いた。

「フランケンシュタインさんと桃太郎《ももたろう》さんって、どっちが強いんですかあ？」

「さあ、どっちだろう？」

大男にきびだんごを渡《わた》しながら、桃太郎《ももたろう》は首をひねる。

「ちがう物語の登場人物同士は戦ったことがないから、わからないね」

と言いながら、桃太郎《ももたろう》は自分の倍ほども背丈《せたけ》がありそうなフランケンシュタインを見上げた。うーん、正直言って、まるで勝てる気がしないな……。

妖精《ようせい》たちのおしゃべりは、むじゃきに続いている。

「この図書館の中で、いちばん強いのってだれかしら？」

「トーナメント方式で戦ってみるっていうのはどう？」

フランケンシュタインが、二個目《こめ》のきびだんごを受け取りながらこう言った。

「悪魔《あくま》だよ。この図書館でいちばん古くて、気味が悪いからともうずいぶん長いことだれにも借りられていないあの本の悪魔《あくま》が、いちばん強いに決まってる」

「ああ、あの悪魔《あくま》か。それはあり得るかも。でも、もうだいぶ姿《すがた》を見ていないな」

桃太郎《ももたろう》がそう言った時、それまで月あかりが差《さ》し込《こ》んでいた室内が漆黒《しっこく》の闇《やみ》に包まれた。真っ黒な翼《つばさ》のバサアッバサアッという大きな羽ばたきが疾風《しっぷう》を起こし、床《ゆか》に散らばっていた本を空中に巻《ま》き上《あ》げる。妖精《ようせい》たちはあっというまに、フロアの端《はし》のほうまで飛ばされてしまった。

「あの悪魔《あくま》だ！」

「ヒサシブリダナ。キキズテナラナイハナシガキコエテキタノデ、デテキテヤッタ」

「聞《き》き捨《ず》てならない？　あんたがいちばん強いって話が？　どうして？」

「ワタシニハ、モウズイブンナガイアイダ、オソレテイルモノガアル。ワタシノウンメイハアイツノテニニギラレテイルノダ。イチバンツヨイノハ、アイツダ」

「その者の名は？」

「――アオキタロウ」

その名を聞いて、フロアにいた全員が凍《こお》りついた。

青木太郎《あおきたろう》。それは、今年七十歳《さい》になるこの私設《しせつ》図書館の館長の名だ。

この小さな図書館では新刊《しんかん》を入れるたびに、館長の判断《はんだん》で古い本が棚《たな》から抜《ぬ》き取《と》られる。そうしたら最後、自分が活躍《かつやく》する物語を読んでもらえる可能性《かのうせい》がほとんどなくなるのだ。悪魔《あくま》も、そしてほかの登場人物たちも、何よりもそれを恐《おそ》れているのだった。

止まらない列車

「ああよかった。なんとか乗れそうだ」

ホームに続く階段を駆《か》け上《あ》がって、英太《えいた》は息をついた。友だちの結婚式《けっこんしき》のあと、久《ひさ》しぶりに昔の仲間と飲んで、ついつい遅《おそ》くなってしまったのだ。郊外《こうがい》のさびれた駅で、この列車をのがすと、乗《の》り換《か》え駅の終電に間に合わない。ほどなく列車が滑《すべ》り込《こ》んで来た。

「ずいぶん古い車両だなあ。ほかの路線のお古かな」

鉄さびと同じような赤茶けた色の車体は、一時代前のもののように見えた。目の前で止まった列車のドアを見て、英太《えいた》はぎょっとした。頬《ほお》のこけた老人が、ガラスに張《は》りつくように立ち、瞳孔《どうこう》まで開いたような目で、まじまじと英太《えいた》を見つめていたのだ。

視線《しせん》を無視《むし》するように乗《の》り込《こ》むと、車内はガランとして、ほかに乗客はいなかった。

「あれ？　まさか回送列車じゃないよな」

その時、英太《えいた》の前に、スッと文庫本が差し出された。

「長丁場だ。これを読んで行きなさい」

さっきの老人が、真顔で本を差し出していた。その手は震《ふる》えていた。

「え、長丁場？　何がですか？」

思わず受け取った瞬間《しゅんかん》、老人はホームに飛《と》び降《お》りた。ドアが閉《し》まる間際《まぎわ》のことだった。

「おい！」

その時、英太《えいた》はおかしな光景を見た。老人はガッツポーズをして膝《ひざ》から崩《くず》れ落《お》ち、泣き笑いの顔でこっちを見たのだ。深く刻《きざ》まれたしわの中のくぼんだ目は真っ赤で、その顔は恐《おそ》ろしかった。いったい、どういうことだ？

列車は走り出した。今の駅から乗ったのは、やはり自分ひとりらしい。変だな、と思いながらも、気を取り直し、英太《えいた》は手の中の文庫本を見た。『止まらない列車』だって？　題名まで不安をかき立てる。

英太《えいた》は、何気なくパラリと一ページ目を開いた。酔《よ》いも回っていたが、寝《ね》すごすよりはましだと思ったのだ。物語はひとり旅をしている主人公の男が、列車に乗《の》り込《こ》むところから始まった、ひとり語りのように短いストーリーが続いていく構成《こうせい》らしい。一ページ目はこんな言葉で始まっていた。

『人生は列車の旅のようなものだ。次の駅でまた新たな物語が始まる。どの駅で降《お》りるのか、それは自分しだい。そして、運命しだいなのである』

どこかで聞いたような書き出しだと思ったが、読み始めると、英太《えいた》は夢中《むちゅう》になってしまった。はっと顔を上げると、もう次の駅に着いていて、まさに今、ドアが閉《し》まったところだった。止まったのにも気がつかずに本を読みふけっていたのだ。そこは『発端《ほったん》』という駅名だった。

「ほったん?」

変な駅名であることよりも、二話目のタイトルと同じであることに英太《えいた》はおどろいた。

でも、とにかく今はこの続きが読みたい。最初のうちは終電の乗《の》り継《つ》ぎを心配していたが、その不安は、本を読み進めるうちになぜかうすれてしまった。そして、二話目の終わりにはこんな言葉があった。

『次の駅で降《お》りることもできる。だが、時には二駅飛ばしてその先へ。それも人生だ』

（二駅、飛ばす……）

不思議と英太《えいた》にはその意味が理解《りかい》できた。列車は駅に差しかかり、スピードをゆるめていた。英太《えいた》は、慎重《しんちょう》にページをめくり、注意深くふたつの物語を飛ばした。すると……。ゴーッ！　突然《とつぜん》速度があがり、列車は駅を通過《つうか》した。そして次の駅も……。英太《えいた》の心臓《しんぞう》は飛び出しそうだった。だが、そのドキドキはワクワクにも少しだけ似《に》ていた。

やがて列車は五つ目の駅に着く。開いたページの物語のタイトルは『同乗者《どうじょうしゃ》』。駅名もやはりまた同じだった。本を読み進めるのと列車の進行は、完全にリンクしているのだった。

ドアが開いて、ひとりの少女が乗ってきた。少女は、英太《えいた》の向かい側に腰《こし》かけた。『同乗者《どうじょうしゃ》』はこんなふうに始まる。『偶然《ぐうぜん》の出会いもまたひとつの縁《えん》である。持ち物を惜《お》しみなく与《あた》えれば救いの道は開ける』。やがて、少女は英太《えいた》にこう尋《たず》ねた。

「お兄ちゃん、その本、おもしろい？」

「ああ、おもしろいよ」

英太《えいた》は、さり気なく本を隠《かく》しながら、つっけんどんに答えた。

「よかったら、その本、あたしにくれない？」

「だめだね、俺《おれ》のなんだから」

英太《えいた》は、自分でもおどろくほど意地悪《いじわる》な口調で言った。読書の邪魔《じゃま》をされたことに苛《いら》立《だ》っていたのかもしれない。少女は、英太《えいた》をじっと見つめて、言った。

「ふうん、残念ね。チャンスだったのに」

「チャンス？」

その時、列車は次の駅に着いてドアが開いた。少女は立ち上がり、ホームに降《お》りた。

「もう間に合わないわ。さよなら。本を手放せば、ここで降《お》りられたのに」

そこは『分岐点《ぶんきてん》』という駅だった。ドアが閉まる瞬間《しゅんかん》、英太《えいた》の耳に、『すみれが丘《おか》行《し》き最終列車は二番ホームから間もなく発車です』というアナウンスが届《とど》いた。向かいの二番ホームに停車していたのは、英太《えいた》が乗るべき列車だったのだ。

走り始めた車内で、英太《えいた》はぼんやりと考えた。いったい自分は何をしているのだろう。あそこで乗《の》り換《か》えるべきだったのだ。いや、もっと早く降《お》りるべきだった。でも、まだ本を読み続けたい。その気持ちがあまりに強くて、胸《むね》が躍《おど》るようだ。すると急に窓《まど》が暗くなった。トンネルの中に入り、向かいの窓《まど》に自分が映《うつ》っていた。

「ウソだろ？……」

英太《えいた》はぎょっとした。窓《まど》には初老の男が映《うつ》っていた。白髪《しらが》まじりの頭に、疲《つか》れた顔つき。口もとには深いしわが刻《きざ》まれている。それはまぎれもなく自分で、この本を手渡《てわた》してきた老人にそっくりだった。

「いかん、次の駅で今度こそ降《お》りよう。タクシーを使ってでも帰るんだ」

さーっと酔《よ》いがさめ、恐《おそ》ろしくなってきた。だが、手の中の本が呼《よ》んでいる。

『続きを読め！』

本がしゃべったのか？　それとも車内アナウンスだろうか。英太《えいた》は逆《さか》らえなかった。

ああ、どんどん引《ひ》き込《こ》まれていく。『途上《とじょう》』『大詰《おおづ》め』『山場《やまば》』『土壇場《どたんば》』……。駅名とともに物語は加速する。ちがう、俺《おれ》は降《お》りたいんだ。そう心の中で叫《さけ》びながら、もはや、顔を上げることすらできない。……そうだ！　読み終えてしまえ。そうすればきっと降《お》りることができる。降《お》りればなんとかなるはずだ！

ページは残り少なくなり、主人公も、旅の終わりを予感しているような口調になってきた。いよいよだ！　だが、物語の最後は、こうしめくくられていた。『最後の駅でこのドアの前に待つ者がいたら、この本を手渡《てわた》し、列車を降《お》りよう。だれもいなければ旅は振《ふ》り出《だ》しだ。永遠《えいえん》のループか、新たなる旅か。きみの運命やいかに！』

（えっ？　ドアの前にだれもいなかったら、降《お》りられないってことか……？）

英太《えいた》は本を握《にぎ》りしめ、ドアの前に立った。列車がゆっくりホームに滑《すべ》り込《こ》む。『おわり〜終里《おわり》〜』。最初の駅に戻《もど》ってる！　だれか立っててくれ！　……列車が停《と》まった時、ドアの前にいたのは、ひとりの若者《わかもの》だった。学生だろうか。不安そうな表情《ひょうじょう》で、英太《えいた》を見ている。やった！　こいつに渡《わた》せば自分は……。

だが、ドアが開いて若者《わかもの》が乗ろうとした瞬間《しゅんかん》、得体の知れない感情《かんじょう》が英太《えいた》を襲《おそ》った。俺《おれ》は人を犠牲《ぎせい》にして助かるつもりなのか？　何の罪《つみ》もない人間を。俺《おれ》だってそうだ。こんなことに巻《ま》き込《こ》まれっぱなしで、永遠《えいえん》のループなんて、そんなこと、許《ゆる》されるか‼

「ダメだ、乗るな！」

うお〜っ！　若者《わかもの》を押《お》し戻《もど》し、雄《お》たけびとともに本を引きちぎると、英太《えいた》は閉《し》まりかけたドアから飛《と》び降《お》りた。ダメだ、片足が挟《はさ》まれた！　だが、列車は走り出していた。

「降《お》りるんだ。俺《おれ》は降《お》りるんだ〜っ！」

ホームの端《はし》まで引きずられたところで、英太《えいた》の意識《いしき》は途切《とぎ》れた。

ある朝、ホームの下で気を失っていた男を、駅員が見つけた。片方《かたほう》の靴《くつ》はなく、ボロボロにちぎれた本を握《にぎ》りしめていた。調べてみると、一年前に友人の結婚式《けっこんしき》の帰りに行方不明《ゆくえふめい》になった男だった。病院に駆《か》けつけてきた家族と友人はおどろいた。白髪《しらが》に深いしわ……。まるで何十歳《さい》も歳《とし》を取ったような顔つきになっていたからだ。

ぼくとわたしの一生

出会いは早春。彼女《かのじょ》の白い肌《はだ》がまぶしかった。ひと目で、運命の相手だとわかった。

彼女《かのじょ》も、そう感じたにちがいない。ぼくらは見つめ合った。

ほどなく、ともに、中学校入学式を迎《むか》えた。

「一緒《いっしょ》に登校できてうれしいよ」

「ええ」

「もちろん、下校も一緒《いっしょ》だぜ」

「そうね」

「ぼくら、幸せだね」

彼女《かのじょ》は、はずかしそうに、うつむいた。

それ以来、どこへ行くにも、一緒《いっしょ》だった。晴れの日も風の日も雨の日も。いつも同じ景色を見た。ああ、少しちがう。ぼくの見る世界には彼女《かのじょ》がいて、彼女《かのじょ》の見る世界にはぼくがいる。そこだけがちがった。

初めてのけんかは、梅雨《つゆ》のころ。勢《いきお》いよく真横を走《はし》り抜《ぬ》けたトラックのせいで、ぼくは泥水《どろみず》を浴《あ》びてしまった。気持ち悪い。腹立《はらだ》たしさについ、目の前の水たまりをけった。水が跳《は》ね上《あ》がって、彼女《かのじょ》にかかった。

「キャッ、ヤダ」

「ごめん」

と、謝《あやま》りはしたものの、内心ムッとした。ぼくが車道側を歩いてかばってあげたから、彼女《かのじょ》は泥水《どろみず》をかぶらずに済《す》んだのに。感謝《かんしゃ》してもいいんじゃない？

彼女《かのじょ》の次の言葉はこうだった。

「あなた、なんだか、くさい」

ぼくは、水たまりを踏《ふ》みつけた。今度はわざと、彼女《かのじょ》に泥水《どろみず》が跳《は》ねかかるように。

「ひどいっ」

その日、ぼくも彼女《かのじょ》もそっぽをむいて、ひとこともしゃべらなかった。

それでも翌日《よくじつ》には、また一緒《いっしょ》に登校した。別れるなんて考えられなかった。運命の相手だから。


わたしは彼《かれ》ほどロマンチストじゃない。運命の相手だなんて思ってもいない。たまたま、隣《となり》にいたのが彼《かれ》だっただけ。偶然《ぐうぜん》の出会い。

彼《かれ》とわたしは似《に》ているけれど、同じじゃない。彼《かれ》は、わたしには、なれない。わたしも、彼《かれ》には、なれない。

彼《かれ》は、いつだってわたしをかばっているつもり。けれど、彼《かれ》がいつも自信満々で一歩を踏《ふ》み出《だ》せるのは、わたしが支《ささ》えているから。

秋祭りの夜も、彼《かれ》はなんのためらいもなく、人の波に逆《さか》らって走り出した。でも、わたしは走りたくなかった。それに気づかない彼《かれ》に引《ひ》っ張《ぱ》られ、つまずいた。人波にもまれ、押《お》し流《なが》され、彼《かれ》の姿《すがた》を見失った。

わたしは、人の流れから押《お》し出《だ》され、道端《みちばた》にうずくまった。目の前をすぎる足、足、足。こんなにたくさんの人がいるのに、彼《かれ》がいない。彼《かれ》の代わりもいない。

ともにすごしてきた時間がよみがえる。積み重ねてきた時が愛《いと》おしかった。いつしかわたしと彼《かれ》の間に育っていたものを、わたしは胸《むね》に抱《だ》きしめる。

わたしたちは、もう終わり？　いつか終わりが来るのは、しかたない。けれど、こんなのはイヤ。最期《さいご》の時まで彼《かれ》と一緒《いっしょ》にいたい。

それは、運命の相手だから……ではない。

彼《かれ》が、彼《かれ》だから。

わたしは叫《さけ》んだ。できる限《かぎ》りの大声で、彼《かれ》を呼《よ》び続けた。やがて、なつかしい足音が駆《か》けてきた。汗《あせ》となみだでぐしゃぐしゃな彼《かれ》に、わたしはほほ笑《え》み、寄《よ》りそった。

「お前、強いな。ぼくは生きた心地がしなかった。お前がいなくなったら、ぼくはもう……」

信じていたもの、わたしの声が届《とど》けば、あなたは必ず来てくれるって。そしてわたしは、あなたに届《とど》くまで呼《よ》び続《つづ》けるつもりだった。

冬の朝。通学路のあちこちに氷が張《は》っていた。彼《かれ》は氷を見つけては、踏《ふ》んで割《わ》る。滑《すべ》って転びそうになるから、そのたびにわたしが踏《ふ》ん張《ば》って助ける。

「へへ、サンキュ」

「わたしに、氷のかけらを飛ばさないで」

と言ったそばからまた飛んできて、濡《ぬ》れた。そこへ冷たい風が吹《ふ》きつける。

「おまえと一緒《いっしょ》なら、寒さもへっちゃら、へ、へっくしょ」

「あなたのせいで、凍《こご》えそう、くしゅん」

信号待ちで、寒さに足踏《あしぶ》みする。

「お、空から」

「あ、降《ふ》ってきたね」

それでも、一緒《いっしょ》に見上げた雪は、きれいだった。

出会いから一年、再《ふたた》びの春。

どちらも、ぼろぼろだった。白かった肌《はだ》を思い出せないほどにうす汚《よご》れ、シミにまみれ、すり傷《きず》だらけだ。

「お前、体が右にかたむいているぞ」

「そういう、あなたは、左にかたむいているわよ」

「それに、お前、けっこう、くさい」

「あなたのにおいもわたしのにおいも、もう同じ」

「ははは」

「ふふふ」

「そろそろ、ぼくら寿命《じゅみょう》かな」

「最期《さいご》まで、一緒《いっしょ》にいられてうれしいわ」

中学校指定の白スニーカーは、靴箱《くつばこ》の中で静かに体を寄《よ》せ合《あ》った。

ずっと一緒《いっしょ》

《立川光彦《たちかわみつひこ》》

三丁目の墓地《ぼち》で、俊則《としのり》は噂《うわさ》どおりの方法で半紙に担任《たんにん》である立川《たちかわ》先生の名前を書いた。半紙の中央に嫌《きら》いな人の名前を書き、墓地《ぼち》の奥《おく》にある池にしずめると、名前を書かれた人は呪《のろ》われて三日以内に死ぬ、という噂《うわさ》があった。

立川《たちかわ》先生は中学三年生である俊則《としのり》の担任《たんにん》で、一部の生徒をからかったりバカにしたりすることで、ほかの生徒に「冗談《じょうだん》のわかる、理解ある大人《おとな》」と思われようとする姑息《こそく》な教師《きょうし》だった。俊則《としのり》は二年生のころから立川《たちかわ》先生のターゲットになっていた。

たとえば、英語の授業《じゅぎょう》で、俊則《としのり》が読めない単語を小声でごまかすと立川《たちかわ》先生はわざと「は？　はあ？」と何度も聞き返したり、笑ったりする。テニス部では少しでも失敗すると、大きな声で怒《おこ》る。みんなが俊則《としのり》のことを「立川《たちかわ》先生に嫌《きら》われている生徒」と知っていて、最近では立川《たちかわ》先生の真似《まね》をしながら俊則《としのり》をからかう生徒も現《あらわ》れ始めた。

(まだ四月。あと一年近くもこんな生活を続けるなんて、耐《た》えられない)

そういうわけで俊則《としのり》は噂《うわさ》の「呪《のろ》い」に頼《たよ》ることにしたのだった。

池に半紙をしずめてから三日間、こっそり先生を観察していたが変化はなかった。

三日目の夕方、俊則《としのり》は帰宅《きたく》する立川《たちかわ》先生のあとを祈《いの》るような気持ちでつけることにした。

雑草《ざっそう》が生《お》い茂《しげ》る学校横の堤防《ていぼう》に差しかかった時、カラスが「カア」と鳴いた。

そのとたん、先生は「うっ」と声をあげてしゃがみ、堤防《ていぼう》の斜面《しゃめん》を転がり落ちていく。

そこへカラスの大群《たいぐん》が押《お》し寄《よ》せ、草むらの中の先生がいるあたりに、一斉《いっせい》に襲《おそ》い掛《か》かる。

カラスたちの黒い翼《つばさ》の間から、一瞬《いっしゅん》先生の手が見えたが、すぐに消えていった。

(呪《のろ》いだ。呪《のろ》いが本当に掛《か》かったんだ)

俊則《としのり》は逃《に》げるように走って家へ帰った。布団《ふとん》の中で一晩中《ひとばんじゅう》、先生の訃報《ふほう》を知らせる連《れん》絡《らく》がまわってくるのを今か今かと待ちかまえていたが、朝まで電話は鳴らなかった。

(まだ発見されていないのかな？)

ところが翌日《よくじつ》、学校に行ってみると立川《たちかわ》先生が正門に立っているではないか。

俊則《としのり》は思わずじっと先生の顔を見てしまった。立川《たちかわ》先生は俊則《としのり》の頭を小突《こづ》く。

「大きな声であいさつしろっ」

「お、おはようございます」

いつもの先生だ。顔や腕《うで》にはかすり傷《きず》ひとつない。

その日は、自習が多かった。立川《たちかわ》先生の授業《じゅぎょう》でも日直当番がプリントを配ってそれを生徒にやらせるだけだ。立川《たちかわ》先生は、机《つくえ》と机《つくえ》の間をまわって、時々プリントをのぞき込《こ》む。

(どうしてケガすらしていないのだろう？)

俊則《としのり》は生きた心地がしなかった。立川《たちかわ》先生が近づくたびに、何か言われるのではないかとビクビクしてしまう。

立川《たちかわ》先生が無言で俊則《としのり》の横を通りすぎる。ほっと息を吐《は》いて顔を上げ、廊下《ろうか》に目を向けた。すると赤城紘子《あかぎひろこ》先生が歩いているのが見えた。

「うそっ。赤城《あかぎ》先生⁉」

赤城《あかぎ》先生は、今年の春に定年退職《ていねんたいしょく》した先生である。のんびり余生《よせい》を送るはずが、先日、心筋梗塞《しんきんこうそく》であっというまに亡《な》くなってしまったのだ。

思わず俊則《としのり》は、教室を飛び出した。

死んだはずの立川《たちかわ》先生、すでに死んでいる赤城《あかぎ》先生。なにか関係があるのかも。

「赤城《あかぎ》先生！」

俊則《としのり》は授業中《じゅぎょうちゅう》なのもかまわず、大声で赤城《あかぎ》先生を呼《よ》び止《と》めた。

「あら、私《わたし》が見えるのね」

そう言って赤城《あかぎ》先生は、にっこり笑った。

「見えます。え？　見えるの？　って、どういうことですか？」

「どういうことって、そういうことよ。せっかく定年まで勤《つと》めあげて、これからゆっくりしよう、って時に死んでしまったら現世《げんせ》に未練が残るでしょう。でもね、悲しいものでほかに行きたいところもないのよ」

赤城《あかぎ》先生は目を細めて、廊下《ろうか》から運動場を見下ろす。俊則《としのり》は息が詰《つ》まった。やっぱり赤城《あかぎ》先生は死んでいるのだ。それなら、もしかして……。

「立川《たちかわ》先生は生きているんですか？　昨日《きのう》、その……、カラスに襲《おそ》われているところを見て……、でも今は元気そうだし……」

さすがに自分が呪《のろ》ったとも言えないし、死んでいくのに助けを呼《よ》ばなかったとも言えないので、そのあたりはあいまいにごまかした。

赤城《あかぎ》先生はしばらく無言で俊則《としのり》の顔を見つめてから、口を開いた。

「立川《たちかわ》先生も亡《な》くなっていますよ。ご本人は気づいていないようだけれど」

「気づいていない？　みんなは？　生徒たちはおかしいと思ってないんですか？」

「あら、みんなには見えていないはずよ」

見えていない？　そういえば、授業《じゅぎょう》は自習だったし、プリントを配ったのは今日の日直当番の生徒だ。先生と会話をした生徒はひとりもいなかった。

「でも、僕《ぼく》は先生に話しかけられました。頭も小突《こづ》かれたし」

「それは……。あなたも死んでいるからよ」

「ええっ」

自分が死んでいる？　まさか。そう言われても実感はない。

（昨日《きのう》は先生がカラスに襲《おそ》われるのを見たあと、家に帰って……家に帰ったはず。あれ？　昨日《きのう》の晩《ばん》ごはん、何だっけ？）

俊則《としのり》は昨夜の記憶《きおく》があいまいなことに気がついた。

「きみは、堤防《ていぼう》の草に足が引《ひ》っ掛《か》かって転んだの。ちょうど頭の下に大きな石があってね。そのまま亡《な》くなってしまったのよ。……今日、自習が多いのはふたりが亡《な》くなったからなの」

そこへ立川《たちかわ》先生がやってきた。

「お前は何をやっているんだ。俺《おれ》の授業《じゅぎょう》を堂々とサボりやがって……ただじゃおかないからな。赤城《あかぎ》先生。すみません、失礼します」

立川《たちかわ》先生は俊則《としのり》の腕《うで》を引《ひ》っ張《ぱ》って教室へ戻《もど》った。

「イタッ。痛《いた》いです。先生！」

先生に引《ひ》っ張《ぱ》られた腕《うで》は、生きている時と変わらず痛《いた》い。さらに腕《うで》を放す時には、軽々《かるがる》と投げ飛ばされた。

俊則《としのり》は、助けを求めようとクラスメイトの腕《うで》をつかもうとしたが、すり抜《ぬ》けてしまう。

（僕《ぼく》は本当に死んでいるんだ。こんなに痛《いた》いのに……）

放課後、俊則《としのり》は運動場にいた。ジャージに着替《きが》えた立川《たちかわ》先生が目の前にいる。

「よし、部活を始める。まずはランニング十周だ」

（どうして自分のお通夜がある日に、運動場を走らなきゃいけないんだ）

しかし反抗《はんこう》しようものなら立川《たちかわ》先生のゲンコツが飛んでくる。幽霊《ゆうれい》では訴《うった》えることもできない。

「タイムが遅《おそ》ければ、一晩中《ひとばんじゅう》でも走らせ続けるからな！」

今となっては、先生の横暴《おうぼう》な言動の餌食《えじき》となるのは俊則《としのり》だけである。まちがいなく、状況《じょうきょう》は前より悪くなった。

俊則《としのり》は立川《たちかわ》先生がフラリといなくなった時、体育倉庫の壁《かべ》にもたれて立っている赤城《あかぎ》先生の元へ走った。

「赤城《あかぎ》先生、この状態《じょうたい》はいつまで続くんですか」

「立川《たちかわ》先生は、教員生活に未練があって、自分の死を受け入れられないみたいね。納得《なっとく》して成仏《じょうぶつ》するとしたら定年するころ、今から二十年後くらいじゃないかしら」

「僕《ぼく》は？　僕《ぼく》は人生にもう未練はありません。僕《ぼく》だけ先に成仏《じょうぶつ》させてください！」

「あなた、立川《たちかわ》先生に呪《のろ》いを掛《か》けたでしょう。呪《のろ》いっていうのは、掛《か》けるほうと掛《か》けられるほうの魂《たましい》を強く結びつけるものなのよ。だからあなたは、立川《たちかわ》先生が成仏《じょうぶつ》するまでずっと一緒《いっしょ》ね」

「そんな……」

これから二十年間も立川《たちかわ》先生の嫌《いや》がらせを受けなければいけないなんて。

先生に呪《のろ》いを掛《か》けなければ、あと一年の辛抱《しんぼう》だったのに。

金のスマホ　銀のスマホ

俺《おれ》は今、大学の勉強そっちのけで大人気の最新カードゲーム「ZERO《ゼロ》」に没頭《ぼっとう》している。人気の理由は今回から搭載《とうさい》された、ヴァーチャル機能《きのう》だ。スマホに専用《せんよう》の機械をセットすることで、実際《じっさい》にゲームの世界へ入《はい》り込《こ》める。目の前にバトルフィールドが現《あらわ》れるという新しい体験に、カードゲーム愛好家たちは夢中《むちゅう》になった。もちろん俺《おれ》も例外ではなく、ゲームのためにバイトを増やし、スマホを対応機種《たいおうきしゅ》に買《か》い替《か》えたほど。

とはいえ、俺《おれ》が使っているスマホの機種では、まだまだゲームに制限《せいげん》がある。

最新スマホを手に入れれば、画像《がぞう》くっきり、操作性抜群《そうさせいばつぐん》になるはずなんだけど……。

そんなことを考えながら、新しいカードを物色しに、近所のカードショップへ足を運んでいた俺《おれ》がレジでお金を払《はら》っていると、少年たちの声が響《ひび》き渡《わた》った。

「かに広場の噴水《ふんすい》でバトルを行うと、スゴいことが起きるらしいぜ！」

その言葉に、俺《おれ》の眉《まゆ》はぴくりと動き、一気に胸《むね》が躍《おど》り出《だ》す。

「おい！　本当か？」

「えっと……体験した友だちが言ってました」

「へえ、おもしろいな。俺《おれ》も行ってみようかな」

「それじゃあ、今度もし会えたら、バトルしてくださいね」

これだから「ＺＥＲＯ《ゼロ》」はやめられない。新しい出会いで、毎日が充実《じゅうじつ》していくのだ。

そして翌日《よくじつ》。さっそく俺《おれ》は、例の噴水《ふんすい》を探し、広い公園の中を歩いていた。

「えっと、たしかこっちだったような……」

しかし道は行き止まり。小さな池にぶつかり、進めなくなってしまう。

「しょうがない。スマホで検索《けんさく》してみるか」

電波は十分。さっそくGPSアプリを起動しようとしたその時！

——バサバサバサッ——

「何だ？　今の音……あっ！　しまった！」

視線《しせん》の先には、ゆるいカーブを描《えが》き、池へすっ飛んでいく俺《おれ》のスマホ。数秒後、ボチャンという音があたりに響《ひび》き渡《わた》った。目の前の光景に、ただ俺《おれ》はがく然とする。

「マジかっ！　どうしよう!!」

悪いのはどう考えても自分。鳥の羽音なんかにビビってしまったことが悔《くや》しくて、そこらにあった小石を思わずけり飛ばす。すると……ちょうど石が飛んで行った池の中心あたりに、ぶくぶくと白い泡《あわ》が湧《わ》き立《た》った。

「池に落とし物をしたのはお前か？」

響《ひび》き渡《わた》る、おごそかな声。

あれ？　このシチュエーション。どこかで読んだことあるような……。そうだ！　童話に出てくる『金の斧《おの》 銀の斧《おの》』だ。目の前の老人は、予想通りこう言い放つ。

「お前が落としたのは、この最新スペックの金のスマホか？」

やっぱり！　まちがいない！　にやけそうになる顔をなんとか抑《おさ》えながら、

「ちがいます」

と、首を横に振《ふ》った。すると、次に老人はこう尋《たず》ねる。

「それなら、ひとつ前に人気爆発《にんきばくはつ》したこの銀のスマホか？」

「ちがいます。俺《おれ》のはもっとずっと古くて、画面も少し割《わ》れていて、ベタベタに指紋《しもん》がついた汚《きたな》いやつです」

あの展開を期待し、正直に答えた俺《おれ》に、老人はにっこり笑う。

「なんと素直《すなお》な青年だ」

「本当のことを答えただけですよ」

「いやいや、今時めずらしい。お前には、金のスマホ、銀のスマホ。それからもともと持っていたスマホのすべてをあげよう」

「本当ですかっ！　ありがとうございます！」

下心がばれないよう、うつむきながら必死に笑いをこらえる俺《おれ》。

三台のスマホを手渡《てわた》すと、池の精？　は、再《ふた》びぶくぶくとしずんでいった。

「どれどれ？　ゴールドのは操作性《そうさせい》抜群《ばつぐん》の超《ちょう》最新機種！　シルバーのも次にねらってた画質《がしつ》がいいヤツ……」

どちらも、ゲーム人生を確実《かくじつ》にランクアップしてくれるにちがいない。

あまりの幸運に、思わずその場でガッツポーズが出たのも当然だろう。

「細かい確認《かくにん》はあとでいっか。とりあえず自分のスマホでＧＰＳアプリを起動っと……って、ちょっと待った！」

その時、俺《おれ》は大事なことに気がついた。

いや、そんなこと……でも可能性《かのうせい》としては、十分あり得る。嫌《いや》な予感を確認《かくにん》するように、三台のスマホの電源《でんげん》ボタンを次々に押《お》してみた。しかし反応《はんのう》はない。

「おい！　これぜんぶ水没《すいぼつ》してんじゃねーか！」

罪《つみ》を刻《きざ》む音

殺人事件《さつじんじけん》から一夜明けた十二月二十五日の早朝。

現場《げんば》となった邸宅《ていたく》の玄関《げんかん》に、ふたりの刑事《けいじ》がいた。重い真鍮《しんちゅう》のドアノッカーを鳴らしているのは目つきの鋭《するど》いベテラン刑事《けいじ》。後ろにいるのは、聡明《そうめい》そうな若《わか》い刑事《けいじ》だ。

昨夜十時、この邸宅内《ていたくない》で発生した殺人事件《さつじんじけん》の被害者《ひがいしゃ》は、裕福《ゆうふく》な七十五歳《さい》の老人、藤沢《ふじさわ》健次郎《けんじろう》。警察《けいさつ》に通報《つうほう》したのは、老人とふたりきりで暮《く》らす十八歳《さい》の孫娘《まごむすめ》、葵《あおい》だった。

深い森の中にある邸宅《ていたく》は、物々しい雰囲気《ふんいき》に包まれていた。数台のパトカーと、張《は》りめぐらされた立ち入り禁止《きんし》の黄色いテープ。すでにマスコミも集まり始めている。現場《げんば》で警戒態勢《けいかいたいせい》をとっていた警官《けいかん》がドアを開け、ふたりを屋敷《やしき》の中へと通した。

ベテラン刑事《けいじ》の三田《みた》が咳払《せきばら》いし、二階にある寝室《しんしつ》のドアをノックする。

「藤沢葵《ふじさわあおい》さん。中央署《ちゅうおうしょ》の三田《みた》です。お話をお聞かせいただけますか？」

すると、中からか細い声で「どうぞ。もう大丈夫《だいじょうぶ》です」と応答《おうとう》があった。ふたりの刑《けい》事《じ》は、捜査《そうさ》開始直後にショックで倒《たお》れた葵《あおい》の回復《かいふく》を待っていたのだ。

古い洋館の一室。部屋は広く、優雅《ゆうが》なアンティーク家具と天蓋《てんがい》つきのベッド、オーナメントが飾《かざ》られたクリスマスツリーが置かれている。出窓《でまど》の前に、車椅子《くるまいす》に座《すわ》る美しい少女がいた。膝《ひざ》かけの上にほっそりした手を重ね、ぼんやりと窓《まど》の外を見つめている。

「……雪のないクリスマスは、私《わたし》がここへ来てから初めてです。いつもならこの家も、まわりの森も、真っ白な雪で覆《おお》われるのに」

ガラス窓《まど》の向こうには、葉を落とした樹木《じゅもく》が連なっていた。黒々とした森の向こうには、灰色《はいいろ》の重い空が垂《た》れ込《こ》めている。三田《みた》が窓《まど》の外から少女に目を移《うつ》して言った。

「もし雪が積もっていれば、捜査《そうさ》の手掛《てが》かりになる犯人《はんにん》の足跡《あしあと》が残ったのでしょうが。今のところ、犯人《はんにん》が残した決定的な証拠《しょうこ》も、目撃者《もくげきしゃ》も見つかっていません。窓《まど》や裏口《うらぐち》に侵入《しんにゅう》の形跡《けいせき》はなく、被害者《ひがいしゃ》自ら玄関《げんかん》のドアを開けたと思われます。第一発見者であるあなたの証言《しょうげん》が大変重要になりますので、ご協力をお願いします」

冷静な態度《たいど》の三田刑事《みたけいじ》から顔を背《そむ》けたまま、葵《あおい》が言った。

「……お話しするまで時間がかかってすみません。ひどく動揺《どうよう》していたものですから」

若手刑事《わかてけいじ》の弓岡《ゆみおか》が、殺された祖父《そふ》を発見した葵《あおい》を気遣《きづか》うように言う。

「ショックを受けるのは当然です。待つのも刑事《けいじ》の仕事ですから気になさらず。パトカーの中で仮眠《かみん》していたら、にぎやかな鳥の声で起こされましたよ。かわいいものですね」

「祖父《そふ》が、屋敷《やしき》のまわりの木に小鳥の餌台《えさだい》を取りつけてくれたのです。さまざまな小鳥が集まって、私《わたし》を楽しませてくれるようにと。……とても優《やさ》しい人でした。両親を早くに亡《な》くした私《わたし》を引き取り、愛情《あいじょう》をかけて育ててくれました」

三田《みた》が重々しくうなずく。「そんな方が犠牲《ぎせい》になるとは痛《いた》ましいことです」

それを聞くと、葵《あおい》は車椅子《くるまいす》をまわして出窓《でまど》に背《せ》を向け、刑事《けいじ》のほうに向き直った。

「私《わたし》はどうしても犯人《はんにん》を捕《つか》まえて欲《ほ》しいのです」逆光《ぎゃっこう》で、その表情《ひょうじょう》はよく見えない。

「もちろん、犯人《はんにん》をあげられるよう全力をつくします」手帳に書かれたメモを見ながら、三田《みた》が言った。「最初に、あなたが署《しょ》に通報《つうほう》した電話の内容を確認《かくにん》させてください。昨夜十時ごろ、この寝室《しんしつ》で就寝中《しゅうしんちゅう》だったあなたは一階から聞こえる物音で目が覚めた」

「はい。最初は祖父《そふ》がだれかと言い争っている声が聞こえました。男の声でした」

「事件発生当時《じけん》、この家にいたのは被害者《ひがいしゃ》の藤沢健次郎《ふじさわけんじろう》さんとあなたのふたりだけ」

「その通りです。使用人は二十三日からクリスマス休暇《きゅうか》を取っています」

三田《みた》は顔を上げ、葵《あおい》に目を向けて言った。

「検視《けんし》の結果、死因《しいん》は頭蓋骨損傷《ずがいこつそんしょう》による失血死とみられます。犯行道具《はんこうどうぐ》は、居間《いま》に飾《かざ》られていた銅製《どうせい》の置物。検察医《けんさつい》による報告《ほうこく》待ちですが、ほぼまちがいはないでしょう」

「私《わたし》が気づいた時には、まだ生きていたのです。苦しげなうめき声が聞こえてきました。異変《いへん》を感じてすぐに階下へ降《お》りようとしましたが、エレベーターが動きませんでした」

「防犯《ぼうはん》カメラも壊《こわ》されています。慣《な》れた手口だ。盗《ぬす》まれたのは金の懐中時計《かいちゅうどけい》ですね？」

「祖父《そふ》がとても大切にしていたものです。ふだんは厳重《げんじゅう》に金庫で保管《ほかん》していました」

膝《ひざ》の上で手を硬《かた》く握《にぎ》りしめ、しばらく黙《だま》っていた葵《あおい》が思い切ったように言った。

「刑事《けいじ》さん、私《わたし》は犯人《はんにん》を見ました。車椅子《くるまいす》から降《お》り、二階から必死に階段《かいだん》をはい降《お》りた私《わたし》は、犯人《はんにん》と玄関《げんかん》ホールで鉢合《はちあ》わせしたのです。犯人《はんにん》の服には血がついていました」

三田《みた》が眉《まゆ》をひそめた。「本当に、見たのですか？」

葵《あおい》がうなずく。「ハッキリと。まちがいはありません。以前から知っている男でした。犯人《はんにん》は私《わたし》の足が不自由であることを知っていて、エレベーターを止めたのです。証拠《しょうこ》を隠滅《いんめつ》するための時間を稼《かせ》ぐ、かんたんな手段《しゅだん》だからです。すべては犯人《はんにん》の計画通りでした」

「あなたは、犯人《はんにん》がだれなのか知っていると？」葵《あおい》をするどく見つめ、三田《みた》が聞く。

「はい。なぜ祖父《そふ》がドアを開けてしまったのかも。……犯人《はんにん》がだれかをお話しする前に、私《わたし》の祖父《そふ》、藤沢健次郎《ふじさわけんじろう》と、私《わたし》の父、藤沢直人《ふじさわなおと》の話を聞いていただく必要があります」

ふたりの刑事《けいじ》が見守る中、葵《あおい》が感情《かんじょう》を押《お》し殺《ころ》したように静かな声で話しはじめた。

「祖父《そふ》は名家の出身でとても裕福《ゆうふく》でしたが、頑固《がんこ》で人づき合いを嫌《きら》う人でした。でも、心根はとても優《やさ》しい人だったのです。そんな祖父《そふ》を理解《りかい》し、支《ささ》えていた祖母《そぼ》が亡《な》くなると、祖父《そふ》は人里離《はな》れたこの屋敷《やしき》にひとりで暮《く》らすようになりました。愛情《あいじょう》をうまく表現《ひょうげん》できない不器用な祖父《そふ》は、ひとり息子である私《わたし》の父ともうまく折り合うことができずにいました。祖父《そふ》は、自分が認《みと》めない女性《じょせい》と結婚《けっこん》しようとした父に激怒《げきど》し、親子の縁《えん》を切ると言ってしまったのです。父は祖父《そふ》と絶縁《ぜつえん》して母と結婚《けっこん》し、私《わたし》が生まれました」

三田《みた》は、サイドボードに飾《かざ》られたいくつかの写真立てに目をやった。若《わか》い夫婦《ふうふ》が赤《あか》ん坊《ぼう》と一緒《いっしょ》に写った写真が収《おさ》められている。ふたりは、幸せそうに笑っていた。

「ご両親はそのあとどうしたのですか？」

「私《わたし》が二歳《さい》の時、事故《じこ》でふたりとも亡《な》くなりました。雪道をスリップしたトラックに衝《しょう》突《とつ》されたそうです。一緒《いっしょ》に乗っていた私《わたし》も大ケガをし、それ以来歩くことができません。父と母を失った私《わたし》は祖父《そふ》に引き取られ、ここで暮《く》らすようになりました」

葵《あおい》は自分の不幸な境遇《きょうぐう》を、淡々《たんたん》と話した。

「祖父《そふ》は、父の結婚《けっこん》を許《ゆる》さなかったことをずっと後悔《こうかい》していました。もし自分がふたりの結婚《けっこん》を認《みと》めていたら、息子夫婦《ふうふ》は死なず、みんな幸せになっていただろうと」

葵《あおい》はそこで思いをはせるように、しばらく口を閉《と》ざした。

「祖父《そふ》は、美しいアンティークの懐中時計《かいちゅうどけい》を集めるのが趣味《しゅみ》でした。もともとは、祖母《そぼ》を喜ばせようと買い集めたものです。私《わたし》に時計を見せながら、その時計のいわれを話してくれました。本当は、亡《な》くなった私《わたし》の父と語り合いたかったのだと思います。父もまた、祖母《そぼ》が好きだったアンティークの時計に、強く惹《ひ》かれていたからです」

美しく飾《かざ》りつけられたクリスマスツリーを見つめたまま、葵《あおい》が続ける。

「そんな祖父《そふ》のもとに、亡《な》くなった父の友人と名乗る男が訪《たず》ねてきたのは、一年ほど前のことです。私《わたし》の両親と親交があったというその男は、すぐに祖父《そふ》に取り入りました。……とても用心深い男でした。使用人の印象に残らないように行動し、私《わたし》には親しげに振《ふ》るまいます。コレクションしたアンティーク時計を、祖父《そふ》はうれしそうに男に見せていました。男と亡《な》くなった息子を重ねていたのでしょう。男は、祖父《そふ》が所有する中で最も高価《こうか》な時計が金庫の中に保管《ほかん》されていることを聞き出し、それを奪《うば》う計画を立てました。実行日は、十二月二十四日。夜十時に玄関《げんかん》のドアノッカーを四回鳴らせば、時計を持った祖父《そふ》がドアを開けると確信《かくしん》したからです」

弓岡《ゆみおか》が真剣《しんけん》な表情《ひょうじょう》で聞いた。「それは、なぜですか？」

「両親が事故《じこ》で亡《な》くなったのは、十六年前のクリスマスイブでした。父は祖父《そふ》と和解《わかい》するために、母と私《わたし》を連れ、車でこの家へ向かう途中《とちゅう》だったのです。夕方を予定していた到着時刻《とうちゃくじこく》は、降《ふ》り積《つ》もる雪のために遅《おく》れました。父は祖父《そふ》に電話をかけ、こう言いました。『夜の十時には家に着くはずだ。いつものようにドアノッカーを四回鳴らすから、ドアを開けてくれ』――それが父と祖父《そふ》の最後の会話になりました」

刑事《けいじ》ふたりは身じろぎもせず、葵《あおい》の話を聞いている。

「昨日《きのう》の夜。事件《じけん》の直前、祖父《そふ》は、居間《いま》でひとり思い出に浸《ひた》っていました。手にしていたのは、金庫から取り出した時計。結婚《けっこん》の祝いとして、祖父《そふ》が父にゆずろうとしていた、美しい金の懐中時計《かいちゅうどけい》でした。毎年、クリスマスイブの夜は、祖父《そふ》が息子を思う大切な日だったのです。夜十時、祖父《そふ》にとっての奇跡《きせき》が起こります。ドアノッカーが四回鳴らされたのです。祖父《そふ》の耳に、息子の声が聞こえました。父さん、僕《ぼく》だよ。妻《つま》と娘《むすめ》を連れてきた。開けてくれないか？　思わずドアを開けた祖父《そふ》は侵入《しんにゅう》してきた犯人《はんにん》に時計を奪《うば》われ、無残に殺されました。犯人《はんにん》が盗んだアンティークの懐中時計《かいちゅうどけい》は、ここ最近、急速に評価《ひょうか》が高まっている歴史的な時計職人《とけいしょくにん》の遺作《いさく》で、世界中の収集家《しゅうしゅうか》が、のどから手が出るほど欲《ほ》しがっていたものでした。今、価格《かかく》をつけるとしたら、一億円は下らないはず」

部屋の沈黙《ちんもく》を破《やぶ》り、三田《みた》が言った。

「……だがそれは、あなたの推理《すいり》にすぎない。証拠《しょうこ》は何も残っていないのだから」

「いいえ。証拠《しょうこ》はあります。この部屋の中に」

キッパリと言い切る葵《あおい》の声は、強い緊張《きんちょう》で震《ふる》えていた。

「犯人《はんにん》は、さまざまな情報《じょうほう》を手に入れることができる立場にいました。祖父《そふ》が時計の所有者であることも、祖父《そふ》を信用させるための父の情報《じょうほう》も、十六年前の事故《じこ》の記録も。知っていたからこそ油断《ゆだん》したのです。あの事故《じこ》で盲目《もうもく》になった私《わたし》が犯人《はんにん》を特定できるはずがないと。まだ息のあった祖父《そふ》にとどめを刺《さ》すほど冷酷《れいこく》な犯人《はんにん》が、私《わたし》を殺さずに放置したのはそのためです。ですが、私《わたし》は音やにおい、肌《はだ》に触《ふ》れる空気でいろいろなことを敏感《びんかん》に感じ取ります。目で見るよりも鮮《あざ》やかに見えるのです。犯人《はんにん》の声、足を引きずる特徴《とくちょう》的《てき》な足音、特殊《とくしゅ》な煙草《たばこ》のにおいと咳《せき》。……犯行後《はんこうご》、犯人《はんにん》は何食わぬ顔で私《わたし》の前に現《あらわ》れました。あまりのショックに気を失いかけた私《わたし》は、その時ハッキリと聞いたのです。盗《ぬす》まれたあの懐中時計《かいちゅうどけい》の音を。祖父《そふ》が何度も聞かせてくれた、特徴《とくちょう》のある音。卑劣《ひれつ》でだれも信じない犯人《はんにん》は、自分自身が最も安全な盗品《とうひん》の隠《かく》し場所だと思ったのでしょう。——時計の音は、私《わたし》を抱《だ》いて支《ささ》えたあなたの胸《むね》ポケットから聞こえました。三田刑事《みたけいじ》」

「バカな」三田《みた》が顔をゆがめ、吐《は》き捨《す》てるように言った。「ただの妄想《もうそう》だ！」

恐《おそ》ろしい形相《ぎょうそう》で葵《あおい》をにらみつける三田《みた》の腕《うで》を、弓岡《ゆみおか》がすばやく掴《つか》む。

「妄想《もうそう》ならば、あなたはその懐中時計《かいちゅうどけい》を持っていないはず。そうですね？」

三田《みた》は死人のように青ざめていた。すべてを話し終わった葵《あおい》の頬《ほお》に、幾筋《いくすじ》ものなみだが流れている。弓岡《ゆみおか》が強く三田《みた》を押《お》さえたまま、冷静に言った。

「別の事件《じけん》で、盗品《とうひん》を売買する闇《やみ》ルートからあなたの名が浮《う》かび、私《わたし》を含《ふく》む数人の刑事《けいじ》が極秘《ごくひ》の任務《にんむ》を受けて捜査《そうさ》していました。ドアの外にも刑事《けいじ》がいます。殺人事件《さつじんじけん》と金の懐中時計《かいちゅうどけい》の話は、取調室でじっくり聞くことにしましょう」

校長先生の口癖《くちぐせ》

月曜日の朝は、キツい。

前日の日曜日はいつも昼まで寝《ね》ているから、どうしても寝《ね》るのが遅《おそ》くなってしまう。昨日《きのう》の夜だって寝《ね》たのは二時すぎだった。それで新しい一週間がはじまる月曜日になると七時起きの生活がはじまるものだから、いつも睡眠不足《すいみんぶそく》なのだ。

でもって、これがあるから、月曜の朝はマジキツい。

「えー、というわけで、わが校の生徒のみなさんは、えー、ぜひとも注意をして行動してください。えー」

はい、そうです。朝礼です。校長先生のお話です。

月曜の朝の流れはこうだ。

まず八時十五分に生徒たちが校庭に整列すると、朝礼担当《たんとう》の先生がマイクの前に立つ。

「おはようございます」

やたらゆっくりとしたかけ声。全校生徒も声をそろえて「おはようございます」と返す。でもみんな寝不足《ねぶそく》で、今ひとつ元気がない。それから校長先生がゆっくりと朝礼台に上がっていく。

「校長先生のお話です。一同、礼っ！」

ここからが地獄《じごく》の時間なのだ。

校長先生の話のパターンは大きく三つに分類される。その一、昔の人のありがたい言葉や感動的なエピソード。その二、最近の気になったニュース。その三、この学校で直近に起きたよいことをほめる、または悪いことを注意する。

これらをローテーションで話すのだけど、話はだらだら、ゆっくり。要点が正直よくわからないから、最初の三分くらいは集中できるのだけど、五分もたつともうダメだ。ありがたい話なのだろうけど、まったく頭に入ってこない。

「それで、えー、今日からは暑くなると、えー、気象庁《きしょうちょう》から発表がありました。みなさん熱中症《ねっちゅうしょう》には、えー、くれぐれも注意して……」

あっ！

後ろのほうで小さな叫《さけ》び声《ごえ》。

振《ふ》り向《む》くと、ほかのクラスの女子が倒《たお》れていた。オレみたいに寝不足《ねぶそく》か、または貧血《ひんけつ》か。先生があわてて駆《か》け寄《よ》っていく。

だが、そんな状況《じょうきょう》にかまうことなく、校長先生の話は続いている。

「えー、特に外での活動ですね。部活などで、えー、長時間、外に出ている生徒は、くれぐれも注意してください。えー」

この朝礼だって、長時間の、外での活動だと思うんですけどぉ！

ツンツン、と後ろに立っている大藪《おおやぶ》が、オレの背中《せなか》をつついてきた。

なに？　とオレが振《ふ》り向《む》くと、やれやれといった顔をしていた。きっとオレも同じ顔をしていると思う。

大藪《おおやぶ》は「だりーよな、校長先生の話」と小声で言ってくる。

「ああ、ホントに」と小声でオレも返す。

「あんな内容だったら、三分で話せるんじゃねえかな」

「だよな……」

「こら、前田《まえだ》！　大藪《おおやぶ》！　ちゃんと話を聞け」

オレたちの私語《しご》に気がついた、国語の小暮《こぐれ》先生に怒《おこ》られてしまった。
ス、スミマセン……と、オレたちはバツの悪い顔をして校長先生のほうに顔を向ける。
やれやれ。怒《おこ》られるし、話はつまらないし、週のはじめから大変だよ。

朝礼もやっと終わり、教室に戻《もど》ったオレに、大藪《おおやぶ》がさっきの話を続ける。

「なあ前田《まえだ》。校長先生って、ああして毎週つまらない話をするのが仕事なのか」

「たぶんな、こうやってオレたちは忍耐力《にんたいりょく》を身につけていくんだよ」

「それにしても、つらすぎないか。あの校長先生の『えー、くれぐれも。えー』とかを毎週毎週、聞かされるのは」

「それだ。それだよ、大藪《おおやぶ》」

「えっ、何が？」

意味がわからず大藪《おおやぶ》は困惑《こんわく》しているが、オレはニヤついてしまう。

「校長先生の口癖《くちぐせ》だよ。えー、えーってやつ」

「それがどうしたんだよ」

「朝礼の話の時、校長先生が何回『えー』って言うか、予想するんだ。それが的中するか、より近い数だったヤツが勝ち」

「おお、おもしろいな。それなら校長先生の話に、ちがう意味で集中することができる」

「だろ。あっというまに朝礼が終わると思うぜ」

さっそくオレたちはA組の仲間に声をかけることにした。

「来週の朝礼で校長先生が『えー』を何回言うか。この『勝負』の参加者を募集《ぼしゅう》する」

すると、同じく朝礼がつらかったのだろう。A組男子のほとんどがこの勝負に参加してくれることになった。

次の月曜日。

「えー、近年はグローバル化が進んでいます。日本でも、えー、海外からも、えー、たくさんの人たちが旅行に……」

いち、に、さん……。

手を後ろにまわして、オレは校長先生の「えー」をカウントして指を折っていく。今日も校長先生の「えー」は絶好調《ぜっこうちょう》だ。一分もしないうちに「えー」は二十を超《こ》えていく。

「ですから、えー、わが校の生徒のみなさんも、えー、国際語《こくさいご》である英語を身につけて、えー、世界に通用する人材となって、えー」

グローバル化の話はまったく頭に入ってこないけど、「えー」だけは集中して数えているから、いつもの長い話が全然苦痛《くつう》じゃないぞ。

「……というわけで、えー、これで本日のお話は、終わりです」

――八十五回か?

回数を確認《かくにん》しようとして後ろをちょっと向くと、大藪《おおやぶ》が小声で「八十五回」と言う。

うん、とオレはうなずいて前を向いた。

教室に戻《もど》ったA組の男子たちは、あらかじめ紙に書いておいた予想表を見る。

「今日は八十五回。ということは八十四回のニアミス賞で、勝者は西野《にしの》に決定」

オレが告げると、西野《にしの》がガッツポーズを決める。彼《かれ》には「今日の給食をだれよりも先におかわりできる権《けん》」が与《あた》えられた。

さらに次の月曜朝礼では、九十八回を見事に的中させた大藪《おおやぶ》が「掃除《そうじ》当番を、一回だれかに代わってもらえる権《けん》」をゲット。

校長先生の「えー」が出るごとに、オレたちA組男子はみんなププッと肩《かた》を震《ふる》わせながらカウントしていた。横にいた小暮《こぐれ》先生は不審《ふしん》そうな顔をしていたけれど、オレたちが何をやっているかはバレていないから大丈夫《だいじょうぶ》だ。

そして、さらに次の月曜日。

校長先生の「えー」は百回を超《こ》えるのではないかと予測《よそく》したオレたちは、多めの予想を立てて朝礼に臨《のぞ》んだ。

「今日は、えー、えー、えー、絵の話をします。えー、絵というのは、いろんな絵がありますね。えー、日本のえー。えー、外国のえー、えーゴッホのえー、スザンヌのえーなど、えー、いろんなえーがあります」

(えっ、なんだ?)(数えられないぞ)A組男子たちが動揺《どうよう》しはじめる。

「これらの、えー、えーを理解《りかい》するには英語が必要だと思います。英語は、えー、えーびーしー、最初はえー、えーですよね。アルファベットのえー、えーです」

「ど、どうなってるんだ」

混乱《こんらん》して顔を見合わせるA組男子のほうに、校長先生はニコニコと話しかける。

「というわけで、えー、えー組男子の諸君《しょくん》。私《わたし》が何回『えー』と言ったか、数えられましたか? 私《わたし》の話が長いのもいけませんが、朝礼の時は、きちんと話を聞くように」

「ま、参りました」

今回の勝負は、校長先生の勝ちだった。

キラッ！

カッ、カッ、カッ。

国語の小暮《こぐれ》先生が黒板にチョークで「光陰《こういん》矢のごとし」と書く。

「月日は、あっというまにすぎてしまうから時間を大切に、という意味です」

そうだよなあ、あっというまだよなあ、とオレは思っていた。

四月になったと思ったら、体育祭や定期テストであっというまに夏休み。でもって文化祭、定期テストで二学期も終わり、気がついたら三月になろうとしている。

となると、このA組とも、あと少しでお別れってことかぁ……。

「おい前田《まえだ》ぁ、ちゃんと聞いてるか。ぽけーっと口が開いてるぞ」

「あっ、はいっ、聞いてます。本当に一年たつのは早いなあって」

アハハハと教室中に笑いが起こる。

「そうだな。あっというまだな。では次のことわざ……」

こうして六時間目の国語の授業《じゅぎょう》も、あっというまに終わってしまうんだよな。

そんなことを思っていた時、
キラッ！

思わず目をつむってしまう。何かが目に入ったみたいだが、それがなんだかわからなくて、あたりをキョロキョロと見まわす。

キラッ！　ときたのだから、光だったにちがいない。けれど、とオレは窓《まど》のほうを見る。二月の日差しは夏とちがって弱いし、教室の廊下側《ろうかがわ》の端《はし》にあるオレの席まで、その光が入ってくるはずがなかった。

窓《まど》の外から、スポットライトのようなもので照らされた？　いやいやいや、そんなことはないだろう。ステージ上にいるアイドルならまだしも、オレはフツーの中学生だ。そんなオレがスポットライトを浴びるはずがない。だとしたら、なんなんだ？

キラッ！

また来た。オレはしばらく目をつむる。

今の光は、教室の窓際《まどぎわ》から来たと思う。何者かがオレの目に向けてチカチカするライトを送《おく》り込《こ》んでいるのか。

うわっ、まただ。

だが今度こそ、光がどこから放たれているか、オレは確認《かくにん》することができた。

同じ並《なら》びの列の、一番窓側《まどがわ》の席。そこに座《すわ》っている女子の腕時計《うでどけい》からだ。二月の太陽光が反射《はんしゃ》して、オレの目にキラッ！　が入ったようだ。

彼女《かのじょ》の名前は何だっけ。えーっと……あ、そうそう広瀬《ひろせ》、広瀬《ひろせ》ユカリ。

名前は知っているけれど、この一年の間に、おそらく話したことは一度もなかったと思う。だからほとんど彼女《かのじょ》の印象はないんだけど……あ、そうそう、体育祭の練習で何度もバトンを落として、女子のリーダー格《かく》である宮本《みやもと》に責《せ》められてたのを思い出した。

おとなしいってイメージしかないなあ。

また来たっ。

オレはすかさず目をつむって、攻撃《こうげき》を受けないように防御態勢《ぼうぎょたいせい》を取る。

いやいや、それにしても参ったな。何度も強い光を当てられると、目にもよくない気がする。

♪キーンコーンカーンコーン
いいタイミングで六時間目終了《しゅうりょう》のチャイムが鳴った。日直の合図であいさつをしたあと、窓際《まどぎわ》に座《すわ》っている広瀬《ひろせ》に、オレは近寄《ちかよ》った。

「なあ」

急に話しかけられて、広瀬《ひろせ》はビックリした顔をしている。

「その時計。授業中《じゅぎょうちゅう》、太陽の光が反射《はんしゃ》して、オレの目に入ってくるんだよ」

「えっ、ウソ、ゴメン。わざとじゃないから」

「うん、わかってる。だからさあ、気をつけて欲《ほ》しいと思って」

「ゴメン。気をつけるから。ホントにゴメン」

しきりに謝《あやま》る広瀬《ひろせ》を見て、何だかオレのほうも申しわけない気持ちになったけど、わかってくれたなら、それでよかった。

ウソだった。


「わざとじゃないから」って言ったけど、本当は「わざと」だった。

前田《まえだ》くんは「気をつけて」って言ってくれた。怒《おこ》ってなくてよかった。

それより何より、前田《まえだ》くんと初めて話ができて、わたしは本当にうれしかった。

彼《かれ》のことが気になり始めたのはいつからだろう。四月、同じクラスになった時は意識《いしき》していなかったけれど、いつのまにか彼《かれ》ばっかり見るようになっていた。

体育の授業《じゅぎょう》のあと、まちがえて友だちの大藪《おおやぶ》くんの制服《せいふく》を着ていたって話を聞いて、おっちょこちょいなんだなって思った。それから夏ごろだったかな。朝礼で、校長先生の口癖《くちぐせ》だった「えー」が何回出てくるかをクラスの男子で予想しようって呼《よ》びかけて先生に叱《しか》られていたけど、おもしろい人だなって思ったりして、気づいたら好きになってた。

「ユカリは好きな人、いないの？」

親友のカナに聞かれたことがあったけど「えー、わたしは特に」ってごまかしていた。前田《まえだ》くんが好きだなんて言ったら、「変なの」って言われそうだったから。

そのカナときたら、バレンタインデーで意中の西野《にしの》くんにチョコをあげることに成功して、最近は一緒《いっしょ》に帰るようになっていた。いいな、うらやましいなって思った。

わたしは人見知りだし、自分の思いを相手に伝えることが苦手だから、チョコレートはもちろん、話しかけることだってできずにここまで来てしまった。

もうすぐ三月。それはつまり、このA組のみんなとお別れということだ。ウチの学年は四クラスあるから、また同じクラスになれる確率《かくりつ》は二十五パーセント。けれど、ちがうクラスになる七十五パーセントのほうが断然《だんぜん》大きい。

どうしよう、ひと言も話せないまま、クラス替《が》えになっちゃうのかな。そんなことを思っていた今日、窓《まど》から入ってくる太陽の光に、わたしの腕時計《うでどけい》が反射《はんしゃ》していることに気がついた。

最初はわたしの目に入ってキラッ!　っとなった。その反射光《はんしゃこう》は教室の天井《てんじょう》に当たっていたのだけど、わたしが左手を動かすと、天井《てんじょう》の光も動く。

その時に思ったのだ。同じ並《なら》びの列の、廊下側《ろうかがわ》の席にいる前田《まえだ》くんに偶然《ぐうぜん》を装《よそお》ってキラッ!　を当てたら、彼《かれ》が話しかけてくれるんじゃないかって。

しかも明日《あした》は三学期最後の席替《せきが》えだから、チャンスは今だけ……。

ドキドキしながら、震《ふる》える左手を右手で押《お》さえて、そおっと、天井《てんじょう》にある腕時計《うでどけい》からの光を前田《まえだ》くんの顔に……あっ、まぶしいって顔をした。

すかさずわたしは黒板のほうを向いて、授業《じゅぎょう》に集中しているフリをした。何度か前田《まえだ》くんにキラッ!　を当てれば、発信源《はっしんげん》がわたしと気がついて、話しかけてくれるかもしれない、と思った。

授業後《じゅぎょうご》、予想通り前田《まえだ》くんは、わたしに話しかけてくれた。

「その時計。授業中《じゅぎょうちゅう》、太陽の光が反射《はんしゃ》して、オレの目に入ってくるんだよ」

わたしは必死に謝《あやま》ることしかできなかった。こんなことでしか彼《かれ》と話すことができなかったけれど、それだけで本当にうれしかった。

ウソだと思った。

オレがそれに気がついたのは、翌日《よくじつ》の席替《せきが》え後だった。

神さまのいたずらか、オレの新しい席は、昨日《きのう》まで広瀬《ひろせ》ユカリが座《すわ》っていた、窓際《まどぎわ》の席だった。しかもおどろくことに、その広瀬《ひろせ》はオレが昨日《きのう》まで座《すわ》っていた席にいる。

はは あ、ここの位置から腕時計《うでどけい》の光が反射《はんしゃ》して、廊下側《ろうかがわ》に座《すわ》るオレにキラッ！　が何度も来たんだな——最初はそう思っていた。

六時間目になって、授業《じゅぎょう》が退屈《たいくつ》になってきたオレは、差《さ》し込《こ》んでくる二月の太陽光に、自分の腕時計《うでどけい》をかざしてみた。

たしかに腕時計《うでどけい》で反射《はんしゃ》した光は、オレの目にキラッ！　と光った。広瀬《ひろせ》の腕時計《うでどけい》から放たれたキラッ！　と同じまぶしさだ。

ん？　だけど……とオレは思う。

今は天井《てんじょう》にキラッ！　の光が届《とど》いている。

あの光のかたまりが、廊下側《ろうかがわ》の席に座《すわ》っていたオレの顔に届《とど》くには、左手を不自然な角度に曲げないと無理だ。女子は時計の文字盤《もじばん》を内側にしている人もいるけど、それでも変な角度に曲げないとキラッ！　は届《とど》かない。

それに、ほかのクラスメイトだって、キラッ！　を受けていたはずなのに、だれも反《はん》応《のう》していなかった。なのにオレだけ何回も……え、そういうこと？

でもオレ、実はうれしかった。

女の子のほうからアプローチをかけてもらうなんて、今まで経験《けいけん》がなかった。それに広瀬《ひろせ》みたいな、おとなしい子のほうがタイプだったりする。

その子が今、オレが昨日《きのう》まで座《すわ》っていた席にいるのも、何かの縁《えん》かもしれない。

オレは腕時計《うでどけい》の角度を変えて、彼女《かのじょ》にキラッ！　を送った。

イカサマ整体師《せいたいし》

マイは、都会での生活にすっかり疲《つか》れはてていた。

大都会の洗練《せんれん》された街で働く日々は、田舎《いなか》育ちのマイにとって、最初のうちはとても新鮮《しんせん》で魅力的《みりょくてき》だった。

入社直後に五つ年上の男性《だんせい》社員に告白され、つき合うことにした。彼《かれ》は何をするにもスマートでカッコよく、一緒《いっしょ》にいるだけで自分まですてきな女性《じょせい》になれた気がした。

ところが、入社三年目となる今年、事件《じけん》は起こった。

同じ部署《ぶしょ》の女性《じょせい》社員たちが、急にマイに対してよそよそしくなったのだ。

初めはあまり気にしないようにしていたマイだったが、そのうち耳を疑《うたが》うような噂《うわさ》を聞いた。彼《かれ》が自分ではない女性《じょせい》と婚約《こんやく》したというのである。しかも、その相手は、マイと同じ部署《ぶしょ》の女性《じょせい》だった。

どういうこと?

マイは彼《かれ》を問いつめた。すると、

「ごめんっ!」

と勢《いきお》いよく頭を下げられたのである。

「マイのことも好きだけど、彼女《かのじょ》とはもう結婚《けっこん》の話が進んでいて……。マイもつらいだろうから、別れよう」

突然《とつぜん》の告白に、マイの頭の中は真っ白になった。

彼《かれ》の婚約者《こんやくしゃ》は社長の親せきでもあり、結婚《けっこん》すれば彼《かれ》の出世はまちがいないという相手だった。

次の日、マイは辞表を提出《ていしゅつ》した。彼女《かのじょ》を引きとめる者はひとりもいなかった。

気が遠くなるほど高いビルや、しゃれたデザインの商業施設《しょうぎょうしせつ》、雰囲気《ふんいき》のよいレストランで食事をするきらびやかな男女たち。

以前はあこがれていたすべてのものが、急に色あせて見えてきた。

山が見たい——。気がつくと、マイは荷物をまとめて新幹線《しんかんせん》に乗っていた。

実家に帰るのは気がひけた。そもそも上京すること自体、猛反対《もうはんたい》されていたのだ。すっかり疎遠《そえん》になっていたのに、今さら帰りづらい。

そこで、実家の隣《となり》の県へ行くことにした。新幹線《しんかんせん》を降《お》りて、在来線《ざいらいせん》に乗《の》り換《か》え、さらにバスに乗って、できるだけ山の奥《おく》へと向かった。

窓《まど》から温泉宿《おんせんやど》の看板《かんばん》が見えたので、マイはそこでバスを降《お》りた。

古びた小さな宿だけど、今日はここへ泊《とま》ろう。

宿の中にある小さな食堂で早めの夕食を食べて、さっそく温泉《おんせん》へ入りにいった。露天《ろてん》風呂《ぶろ》から眺《なが》める夕日に染《そ》まった山々は、都会のどんな景色よりも美しく思えた。

湯上がりに宿の浴衣《ゆかた》を着て、たたみがしかれた広間へ行くと、おばあさんがひとり、つらそうに顔をしかめていた。

「大丈夫《だいじょうぶ》ですか?」

近寄《ちかよ》って声をかけると、おばあさんは
「ちょっと、あんた、背中《せなか》を押《お》してもらえんか？」

と言う。マイはとまどったが、おばあさんはすでにたたみの上にうつ伏《ぶ》せになって待っている。しかたなく、マイはその背中《せなか》を親指で優《やさ》しく押《お》しはじめた。

「おお、いいねぇ。あんた、うまいね」

ほめられた。見知らぬ人に。こんなことで思わずなみだがこぼれそうだった。

会社にいたころは、土日以外はほとんど休まなかった。人の仕事もたくさん手伝った。失敗をした後輩《こうはい》をかばって、自分のミスだと報告《ほうこく》したこともある。

でも、よそよそしくされた。自分は何も悪いことなんてしていないのに……。

そんなことを思いながら、マイはおばあさんの背中《せなか》をほぐし続けた。

「うん、うん。あんたホントに上手《じょうず》だよ。明日《あした》もここにいるかい？」

「あ、はい。今夜ここへ泊《とま》りますから」

「じゃあ、明日《あした》、友だちを連れてくるから、その人たちももんでやってくれないかい？」

「え？　でも……」

「ただでとは言わんよ、ほら」

おばあさんは、きんちゃく袋《ぶくろ》から千円札を取り出して、マイに渡《わた》した。

「明日《あした》ね、お願いよ」

あっけにとられているマイをおいて、おばあさんは行ってしまった。

お金、かせいじゃった。ほんの数分、おばあさんの背中《せなか》を押《お》しただけなのに。

思ってもみなかったできごとに、マイはちょっぴり救われた気がした。


次の日、宿の食堂で質素《しっそ》な朝食をとっていると、昨日《きのう》のおばあさんが現《あらわ》れた。彼女《かのじょ》はヨネと名乗った。ヨネさんは、おばあさんとおじいさんをひとりずつ連れている。

「少しでいいから、頼《たの》むよ。こっちのばあさんは足ね。じいさんのほうは、腰《こし》」

「あっ、はい。わたしでよければ」

マイは、宿の自分の部屋に老人たちを招《まね》くと、順番にマッサージをした。

実は、マイ自身、会社員時代は肩《かた》こりや腰痛《ようつう》がひどくて、腕《うで》がいいと評判《ひょうばん》の整体師《せいたいし》のところへ通っていた。そのせいか、なんとなくツボを心得ていたのである。

全員のマッサージが終わると、老人たちはとても感謝《かんしゃ》して、マイにお金を払《はら》った。

それからというもの、毎日だれかがマイを訪《たず》ねてくるようになった。ヨネさんが連れてくることもあれば、話を聞いたと言って初めてくる人もいる。

それが一週間も続いたころ、宿の主人がこう言った。

「あの部屋をずっと使ってもらってかまいませんから、いっそのこと仕事にしたらどうですか？」

「仕事だなんて……」

この先、どこかへ行くあてがあったわけでもない。しかも、老人たちの体をほぐしながら話をするのは、とても楽しく、マイにとっても癒《い》やされる時間となっていた。

この村には整体師《せいたいし》はおろか、医者すらいなかった。自分のすることが少しでも老人たちの体の調子を整えることにつながるのなら……。

そういうわけで、マイは宿の一室で開業した。

夕方、老人たちが帰ると、マイは宿の主人に車を借りて近くの町まで行き、整体にまつわる本を買ったり、図書館にあるパソコンで情報《じょうほう》を探《さが》したりした。

毎日のようにマイのもとへやってくる老人たちはだんだん元気になり、

「先生は、すばらしい腕《うで》の持ち主じゃ！」

と感謝《かんしゃ》して、お金を払《はら》っていくのだった。

しかし、感謝《かんしゃ》されればされるほど、マイは罪悪感《ざいあくかん》にさいなまれていった。

わたしはただの素人《しろうと》で、整体師《せいたいし》でもなんでもない。体についての勉強だって、最近始めたばかりだ。整体師《せいたいし》は資格《しかく》がなくてもいいらしいけど、こんな付け焼刃《やきば》のやり方でお金をもらっているなんて、真剣《しんけん》にやっている人が知ったらなんと思うだろう。

とうとう、マイは老人たちを集めて、自分はイカサマなんだと告白した。

すると、みんなを代表するような形で、ヨネさんが口を開いた。

「勉強してないとか資格《しかく》がないなんて、わたしらにとってはどうでもいいんじゃよ。先生のおかげで、心と体が軽くなったんだから。それに、わたしらだって……」

ヨネさんの後ろにいた老人たちがみな、なぜかバツの悪そうな顔をしている。そのことには気づかないまま、マイは言った。

「そんなふうに言っていただけるなんて、わたしは幸せ者です。でも、どうしてもいただいたお金を使うことができなくて。これは、みなさんにお返しします」

マイが売り上げをためていたポーチを開くと、そこから出てきたのは、葉っぱや石ころばかりだった。

「えっ、どういうこと？」

マイが老人たちのほうを見ると……なんと、そこにいたのはタヌキの集団《しゅうだん》だった。さっきまでヨネさんの姿《すがた》をしていたと思われるタヌキが、みんなを代表してこう言った。

「だますつもりはなかったんだが……。実はな、わたしらはもともとこのあたりで暮《く》らしていたんだが、すぐ近くまで人間たちがやってきてからは、この姿《すがた》だといろいろと都合が悪くてな。そのうち、人間の姿《すがた》で暮《く》らすようになったんだが、不自然な姿勢《しせい》のせいか、体の調子が悪くて。先生にはずいぶん助けてもらったんだよ。でもな、このままニセモノのお金を払《はら》っていくんじゃ申しわけないと思っていたところだったんだ。これからは、わたしらが育てた山菜や果物を持ってくるから、それで許《ゆる》してくれないか」

やっと事情《じじょう》を飲《の》み込《こ》んだマイは、おかしくてたまらなくなり、おなかを抱《かか》えて笑い出した。こんなに思い切り笑ったのは、本当に久《ひさ》しぶりだった。

そんなマイの様子を見て、タヌキたちも笑い出した。

それからというもの、マイは人間に化けたタヌキたちの治療《ちりょう》をしながら勉強を続け、本格的《ほんかくてき》な整体師《せいたいし》となった。タヌキたちが宣伝《せんでん》活動を手伝ってくれたおかげもあって、今では隣《となり》の村や町から、人間のお客もたくさん訪《おとず》れている。

その後、マイはこの村で唯一《ゆいいつ》の人間である宿屋の主人と結婚《けっこん》した。子宝《こだから》にもめぐまれ、大自然の中でたくさんの友だち（タヌキたち）に囲まれながら、楽しい毎日をすごしている。

女子会？

私《わたし》には、三人の親友がいる。いつでも四人、どこへ行くにも一緒《いっしょ》。

仲はいいけれど、見た目や、性格《せいかく》は全然ちがう私《わたし》たち。

ロックバンドが大好きで、オシャレに余念《よねん》がない亜美《あみ》。

センス抜群《ばつぐん》で、ハンドメイドが得意な礼香《れいか》。

モデル体型で、めちゃめちゃ美人の優奈《ゆうな》。

そして、絵が好きで、イラストばかり描《か》いている私《わたし》、麻里《まり》。

まわりからは、何で仲よくなったの？ とよく聞かれる。だけど、理由なんてない。

同じクラスになってから、不思議と惹《ひ》かれ合《あ》い、親友と呼《よ》び合《あ》える関係になっていた。

中でも優奈《ゆうな》の美人力は圧倒的《あっとうてき》で、〝優奈《ゆうな》のとりまき〟とか〝優奈《ゆうな》の引き立て役！〟とか。

そんな意地悪な呼《よ》び方《かた》をするクラスメイトもいたけれど、その度《たび》に眉《まゆ》をひそめるのは、むしろ優奈《ゆうな》のほう。

「いいかげんにしなさいよね」

こういう時の彼女《かのじょ》は、ふだんとは別人のように凛々《りり》しくなる。それに引きかえ、圧倒《あっとう》的《てき》にインドアで消極的な私《わたし》。いつだったか、

「優奈《ゆうな》の強さをわけて欲《ほ》しい」

と話したことがある。けれど、優奈《ゆうな》は首をかしげるだけ。

「麻里《まり》は、そのままでいいんだよ」

そう言った表情《ひょうじょう》が、どこかつらそうで……。

その後も、優奈《ゆうな》の心の中にひそむ悲しみのようなものを感じることは何度かあったけれど、結局踏《ふ》み込《こ》めないままだった。それでも私《わたし》たち四人が大の仲よしなのは変わらず、気づけば二年もの月日が経過《けいか》していた。

「卒業……近くなっちゃったね」

「なんで楽しい時間は早くすぎちゃうんだろ」

時間が止められないのは、わかっている。だからこそ、私《わたし》たちは毎月の恒例《こうれい》行事を大切にしている。女子会と称《しょう》して海へ行ったり、バーベキューをしたりと、思い出づくりに励《はげ》んでいるのだ。

「最近できた屋内遊園地はどう？」

「それって、フューチャーランド？」

全員一致《ぜんいんいっち》で行き先は決まり！　そういえば、優奈《ゆうな》って意外に絶叫系《ぜっきょうけい》が好きなんだよね。


そして、女子会当日。フューチャーランドは、ギャルの集まることで有名な駅から歩いて少し。ここでも優奈《ゆうな》はやっぱり目立つ。ふだんはフリルのついたブラウスや、ロングスカートが多い優奈《ゆうな》だけど、行き先が遊園地だからかめずらしくTシャツにジーンズ姿《すがた》。私《わたし》たちと変わらない恰好《かっこう》だからこそ、逆《ぎゃく》に美人度が増《ま》しているように感じる。

楽しくおしゃべりしながらわいわい街を進んでいくと、見知らぬ男がこちらめがけてやってきた。

「すみません、ちょっといいですか?」

声をかけられると同時にくり出された一枚《まい》の名刺《めいし》を見ると……。

「ウソッ、ねえ、芸能事務所《げいのうじむしょ》だって!?」

亜美《あみ》の声につられ、全員がスーツの男へ視線《しせん》を向ける。その目は、まっすぐ優奈《ゆうな》をとらえていた。そりゃあそうだろう。優奈《ゆうな》を差し置いて、ほかの三人へ声をかけたりしたら、スカウトとして失格《しっかく》だと言わざるを得ない。

「スカウトなんて、さすが優奈《ゆうな》!」

「そこらのアイドルより、かわいいと思ってたけどね」

なんて、口々に言う私《わたし》たちだったけれど、途中《とちゅう》で口をつぐんだ。なぜなら、当の優奈《ゆうな》が、すっかり困《こま》り顔《がお》になっていたから。

「いつでもよいので、興味《きょうみ》があったら連絡《れんらく》いただけますか?」

男性《だんせい》はそう言って、私《わたし》たちへも名刺《めいし》を手渡《てわた》し、去っていく。残された私《わたし》たちは、とても遊園地気分になんてなれなくて……。

「ちょっと早いけど……お茶しよっか」

行き先をフューチャーランドから近くのカフェへ、とりあえず変更《へんこう》。

「スゴいことだよ、優奈《ゆうな》」

「優奈《ゆうな》ならできるって」

優奈《ゆうな》を取り囲み、熱が冷めない私《わたし》たち。けれど。当の本人は何を言われても、

「いいよ、興味《きょうみ》ないから……」

と返すだけ。

「本当にいいの？」

納得《なっとく》できない私《わたし》たちがさらに追及すると、優奈《ゆうな》はふうっと長く息を吐《は》き、つぶやいた。

「スカウトされるくらい女子力上げたら、女として生きていけるかなって思ったんだけ

ど……やっぱりダメだった」

目を閉《と》じ、悲しそうに首を振《ふ》る。時折みせる、あの顔だ。そして、次の瞬間《しゅんかん》！

急に、優奈《ゆうな》の声色が変わった。ひどい風邪《かぜ》を引いた時のような、低い低い声。

ううん、それだけじゃない。さっきまで膝《ひざ》をくっつけてお上品に座《すわ》っていた優奈《ゆうな》が、どかっと足を組み、テーブルへ片《かた》ひじをつく。そして、ひじから伸《の》びる長い手指をあごへやると、こう続けた。

「自分で自分を納得《なっとく》させようと思ったけどもう限界《げんかい》、俺《おれ》さ……心の中は男なんだ」

「優《ゆう》……奈《な》……？」

突然《とつぜん》すぎる告白。あまりのおどろきに、聞き返すだけで精一杯《せいいっぱい》。優奈《ゆうな》が抱《かか》えていたものは、これだったたんだ。

「ほら、こんなのも持ち歩いてる」

そう言って、鞄《かばん》から取り出したのは、短髪黒髪《たんぱつくろかみ》のウィッグ。周囲にお客がいないことを確認《かくにん》すると、手慣《てな》れた様子で髪《かみ》をまとめ上げる。ウィッグをすっぽりかぶると、

「どう？」

と笑って見せた。その姿《すがた》があまりにもキマッていて、私《わたし》たちは思わず叫《さけ》んでいた。

「優奈《ゆうな》、カッコいい！」

「ヤバい、タイプかも」

一世一代のカミングアウトをしたはずの優奈《ゆうな》。ところが、目の前にいるのは、能天気《のうてんき》に盛《も》り上《あ》がる友人たち。

「引かないのか？」

胸《むね》の前で腕《うで》を組み、背《せ》もたれへ寄《よ》りかかる。そんな、すっかり男子化した優奈《ゆうな》の手を、三人でぎゅっと握《にぎ》った。私《わたし》たちを甘《あま》く見てもらっちゃ困《こま》る。親友というのは、こんなことくらいで気持ちが揺《ゆ》らぐ関係ではないのだ。

「引くわけないじゃん」

「優奈《ゆうな》は優奈《ゆうな》だし」

「美女の友だちが、イケメンの友だちに変わっただけだよ」

矢継《やつ》ぎ早《ばや》にそんな言葉をかける。すると、優奈《ゆうな》の顔から緊張《きんちょう》が解《と》けていく。

「みんな、ありがとう」

……初めて男子として扱《あつか》われた優奈《ゆうな》の目からは、きれいななみだが溢《あふ》れていた。

「ねえ、今日はそのまま出かけようよ」

「大丈夫《だいじょうぶ》かな？」

「今日のファッションなら、違和感《いわかん》ないって」

「よし！　じゃあ俺《おれ》が、三人をエスコートしよっかな」

心からうれしそうな優奈《ゆうな》の顔。それを見ていたら、こっちまで幸せな気持ちになる。

「せーのっ！」

優奈《ゆうな》のかけ声を合図に、私《わたし》たちは、その場でスカウトマンの名刺《めいし》を破《やぶ》り捨《す》てた。

そして、三人の女子とひとりのイケメンは足取り軽く、フューチャーランドの入り口へ吸《す》い込《こ》まれていったのだった。

主役はオレだ

朝っぱらから、公園のベンチで缶《かん》ビールを飲んでいる若《わか》い男がいた。男の口からひとり言のようにこぼれるのは、さっきからずっと、愚痴《ぐち》ばかりだ。

「ちぇっ、またクビだ。どうせオレなんか、どこに行ったってダメなんだ。だいたい、親に学歴はないし、家は貧乏《びんぼう》だしな。息子のオレのできがいいはずがねえ」

男の口ぐせは、「どうせオレなんか」だった。「運が悪いから」「出た学校が悪いから」「オレなんか」と言いながら、いつも何かのせいにしていた。

「もうこんな人生はまっぴらだ。どうせオレのことなんか、だれも認《みと》めちゃくれない」

男はビールの缶《かん》を握《にぎ》りつぶした。公園には、いつしかだれもいなくなっていた。

その時だ。

『ほおー、人生、まっぴらかね』

どこからか、低い声がした。男はあたりを見渡《みわた》してみたが、だれの姿《すがた》も見えない。声はなおも続けた。

『それなら、一日だけオレに体を貸《か》してくれないか？ お前は何もしなくていいんだ。なあ、楽ちんだろう』

「ふん、別にどうでもいいや。一日ぐらい貸《か》してやるよ、ハハ、借りられるもんならな」

男は笑って、投げやりに返事をした。

『いいんだな。じゃ、そうさせてもらうよ』

「だれだか知らないが、人をからかいやがって……。……うっ！」

突然《とつぜん》、ガクンと衝撃《しょうげき》が走り、体が動かなくなった。いや……ちがう。体は勝手に動いている。ブンブン腕《うで》を振《ふ》りまわしたり、ガシガシ足踏《あしぶ》みしたり……。でも、それは自分の意志《いし》ではない。だれかが中から動かしているとしか思えなかった。

「な、なんだこりゃ。何が起きたんだ？」

男はあせった。自由になるのは、口だけだ。

すると、さっきの声がまた聞こえた。なんと今度は、自分の中から……。

『さあ行くぜ、行きたいところへ。ヒャッホー！』

「行くって、どこへ？　わーっ、なんだ？　待ってくれ！」

男は、操縦不能《そうじゅうふのう》の体に引きずられて、公園から走り出した。

『こんなにいい天気なのに、日かげのベンチに座《すわ》りっぱなしなんて、我慢《がまん》できないぜ。カンカン照りのお日さまの下こそが、オレの天国、オレのステージさ！』

中の声は、どんどんハイテンションになる。

「やめてくれ、どういうことだ！」

走って走って、気がつくと男は、サッカーグラウンドに立っていた。雲ひとつない空から真夏の太陽がジリジリと照りつけてくる。

『ワーオ、最高の天気だ。よっしゃ、まずはグラウンド十周といくか！』

「な、なんだって？　お、おい！」

ランニングは徐々《じょじょ》に速くなり、短距離走並みになり、突然《とつぜん》ダッシュ。何べんもくり返され、汗《あせ》が吹《ふ》き出《だ》し、苦しくて息ができない。だが、体は勝手に動き続ける。

「もう、勘弁《かんべん》してくれ」

咳込《せきこ》みながら男は言った。何が何だかわからない。気が遠くなりそうだ。だが、声ははしゃいでいる。

『イエーイ、お次はこっちだ。ついて来な！』

サッカーグラウンドのあとは、小学校の校庭、だだっ広い駐車場《ちゅうしゃじょう》……。

「カンカン照りの場所ばっかりじゃないか。いったい、オレを動かしてるのは、だれなんだ……。たのむ、もうやめてくれ」

『一日貸《か》してくれる約束だろう。まだ、さっき借りたばっかりだぜ』

飛んだり跳《は》ねたり、ぐるぐるまわったり、もうめちゃくちゃだ。

「ちょっと、危《あぶ》ないじゃないの！」

自転車のおばさんが、ぶつかりそうになって急ブレーキをかけた。

「すみません！　でも、これはオレじゃないんだ。オレじゃないんだよ！」

「何言ってんの？」

　いくら説明しても、わかってもらえるはずはなかった。男は、そのまま街を駆《か》け抜《ぬ》けた。中の声は、大はしゃぎだ。

『ああ、自由ってなんてすばらしいんだ！　太陽よ、永遠《えいえん》にオレを照らしていてくれ！』

男には帽子《ぼうし》もなく、自分の手で太陽を遮《さえぎ》ることすらできないのだ。

「お願いだ。もう止まってくれ！」

『うるさい。今、お前の体はオレのものだ。主役はオレだ！』

　住宅街《じゅうたくがい》を抜《ぬ》け、やがて、にぎやかな駅前通りに出る。人通りが多くなってきた。だが、男は人にぶつかっても気にせず、転んではまた立ち上がり、走っていく。

「なんだ？　あの男は。迷惑《めいわく》だな」

　道行く人たちが、ひそひそと顔を寄《よ》せ合《あ》った。

　駅前には、大きなスクランブル交差点があり、その日も大勢《おおぜい》の人でにぎわっていた。

信号が青に変わった。むこうの空に、黒い雲が出てきたのを、男は見た。

（ああ、いいぞ。あっちに、日かげがある……）

その時、交差点のど真ん中で、男の足がぴたっと止まった。

「おい、どうする気だ？」

男は仁王立《におうだ》ちになった。こぶしが天に向かって突《つ》き出《だ》され、男の中で、声が宣言《せんげん》した。

『主役はオレだ。体を返すのはやめだ。オレがずっと主役なんだ。ワッハッハ』

「冗談《じょうだん》はよせ。オレの主役はオレだ。お前じゃない！」

男は必死で言い返した。だが、他人から見ると、交差点の真ん中でこぶしを突《つ》き上《あ》げて「主役はオレだ！」と叫《さけ》んでいる頭のおかしい男にしか見えないのだ。

「危《あぶ》ない、赤だぞ！」

クラクションがいっせいに鳴り始め、見るに見かねた人たちが、歩道まで引《ひ》っ張《ぱ》っていこうとしてくれた。だが……男はその場所を動くことができない。

「オレの主役は、オレなんだ、オレなんだよ……」

暑さでフラフラになりながら、男は踊《おど》りはじめた。バンザイ、バンザーイ！　両手と両足が、操《あやつ》り人形のような妙《みょう》な動きを続け、助けようとしていた人たちは、なすすべもなく離《はな》れていく。交差点の真ん中で、アスファルトに黒い影《かげ》を落とし、狂《くる》ったように男は踊《おど》り続けた……。ピーッ！　警官《けいかん》が飛んで来た。

「何してるんだ。さあ、こっちに来て！」

男はすでに白目になり、口から泡《あわ》を吹《ふ》いていた。足はもう上がらない。それなのに、何人がかりで引《ひ》っ張《ぱ》っても、そこから動かすことができない。ただ、熱い道路に落ちたガムのように、地面にへばりついている……。

その時だった。

「真人《まさと》！　ここで何しとるか！」

「お、親父《おやじ》……？」

もうろうとした意識《いしき》で見た、白髪頭《しらがあたま》の、汗《あせ》まみれの男性《だんせい》。それは、父親だった。長いこと連絡《れんらく》がつかなくなっていた息子を心配して、行方《ゆくえ》を探《さが》しまわっていたのだ。

「アパートにもいない。勤《つと》め先《さき》を訪《たず》ねれば、もうここにはいないというじゃないか」

「主役は……オレだ……」

うわ言のように男はつぶやいた。いつのまにか、雷《かみなり》がゴロゴロ鳴りはじめていた。

「おいっ、しっかりせんか！」

父親は、水筒《すいとう》のふたをとって、氷水《こおりみず》を男の頭に浴びせかけた。

『ひえっ』

中の声が悲鳴をあげ、まさにそのタイミングで、ザーッと夕立がやってきた。男の体がふっと軽《かる》くなり、自由になった。そして、意識《いしき》を失った……。

男は病院に担《かつ》ぎ込《こ》まれ、九死に一生を得た。だが、退院《たいいん》の日、久《ひさ》しぶりに日向《ひなた》に出て、男はぎょっとした。ない……。足もとに影《かげ》がない。自分にだけ、影《かげ》がない。

「あれは、オレの影《かげ》の声だったのか。何てことだ。オレは影《かげ》に主役をゆずったのか……」

男の影《かげ》は、二度と戻《もど》らなかった。人に気づかれたら化け物扱《あつか》いだ……。男は、そのことをひた隠《かく》しに生きるほかなかった。

求婚者《きゅうこんしゃ》への宿題

朱里《あかり》は四人の男性《だんせい》にプロポーズされて困《こま》っていた。

「まいったなぁ」

学生のころから顔とスタイルのよさを武器《ぶき》に、言《い》い寄《よ》る男性《だんせい》すべてにいい顔をして「貢《みつ》がせ放題」な生活を送ってきた朱里《あかり》は、特定の男性《だんせい》とつき合ったことはなかった。

そして二十七歳《さい》の夏、そろそろ結婚《けっこん》したくなった朱里《あかり》は、取《と》り巻《ま》きの中でも特に「顔よし、給料よし、性格《せいかく》よし」の立花圭吾《たちばなけいご》を選んで、プロポーズを受けることにした。

ところが噂《うわさ》を聞きつけたさえない男性《だんせい》三人が「待った!」をかけたのである。

朱里《あかり》はその男たちのことを何とも思っていなかったが、これまでに大量のプレゼントを受け取ってしまっているので、冷たくあしらうこともできない。

悩《なや》んだ末に朱里《あかり》は、四人の男性《だんせい》それぞれに手紙を送った。

【実は、ほかにもプロポーズしてくれている方がいます。みなさんとてもすてきな方で、私《わたし》ごときがその中からひとりを選ぶのはとても難《むずか》しいことです。ですから、みなさんに宿題を出します。それを一番早く達成できた方と結婚《けっこん》したいと思います】

そのあとに、ひとりずつ別々の宿題を書いた。

機械音痴《きかいおんち》の倉石太郎《くらいしたろう》には【プログラマーに転職《てんしょく》してください】と。

内気な前野良平《まえのりょうへい》には【営業《えいぎょう》でトップの成績《せいせき》を取ってください】と。

勉強嫌《ぎら》いな若浦光男《わかうらみつお》には【司法試験に合格《ごうかく》してください】と。

本命の立花圭吾《たちばなけいご》には【海外で新しい友だちを百人つくってください】と。

旅行が好きで社交的な性格《せいかく》の圭吾《けいご》ならすぐに達成できるだろう。しかも彼《かれ》は、仕事で来週から二週間イタリアに行くと言っていたから、タイミングもバッチリだ。

プログラマーも司法試験も勉強にある程度《ていど》時間がかかるだろうし、気弱な前野良平《まえのりょうへい》に至《いた》っては、一生かかってもトップセールスマンになんてなれそうにない。三週間後、イタリアから立花圭吾《たちばなけいご》が戻《もど》れば一番に宿題達成の報告《ほうこく》に来るに決まっている。

朱里《あかり》は余裕《よゆう》の心持ちで、結婚情報誌《けっこんじょうほうし》などを見ながら三週間をすごした。

ところが、圭吾《けいご》は三週間たっても一か月たってもイタリアから帰ってこない。二か月たったころ、やっと圭吾《けいご》からメールが来た。

「こちらで新しいカノジョができました。カノジョの父親が会社を経営《けいえい》していて、日本語の話せるスタッフが欲《ほ》しいというので、日本の会社を辞《や》めてカノジョと結婚《けっこん》します」

さらに一か月後、司法試験のため勉強していた若浦光男《わかうらみつお》には勉強会で新しいカノジョが、プログラマーを目指す倉石太郎《くらいしたろう》には人工知能《ちのう》のカノジョができたと報告《ほうこく》があった。

さらに、そのふたりが朱里《あかり》のことを「複数《ふくすう》の男にいい顔をして、難癖《なんくせ》のような宿題を出した嫌《いや》な女だ」と周囲に言いふらしたため、朱里《あかり》はすっかりモテなくなってしまった。

友だちから合コンに誘《さそ》われることもなくなり、憂《ゆう》うつな日々を送っていたある日、トップセールスマンを目指せと指示《しじ》した前野良平《まえのりょうへい》が連絡《れんらく》をよこしてきた。

（もしかして、本当にトップセールスマンになったのかしら。ああ、彼《かれ》と結婚《けっこん》するなん

て自分でも意外だわ。でも成績《せいせき》優秀《ゆうしゅう》ならお給料も悪くないはず）

　期待して指定された場所に行くと、堂々としたたたずまいですっかり見ちがえた前野《まえの》良平《りょうへい》が待っていた。

「営業成績《えいぎょうせいせき》、ついに今月一位になったんだ。最初はひとりの人と話すのも怖《こわ》かったけれど、面倒見《めんどうみ》のいい先輩《せんぱい》に恵《めぐ》まれてね。今では大勢《おおぜい》の前で話すのも平気だよ」

朱里《あかり》は内心喜びつつ、わざともったいぶった態度《たいど》で言った。

「ほかの人もがんばっているけれど、どうやらあなたが一番のようね。約束通り、私《わたし》はあなたと結婚《けっこん》するわ」

　ところが、良平《りょうへい》が見せたのは浮《う》かない表情《ひょうじょう》だった。

「それが、部長のお嬢《じょう》さんとのお見合い話があって、断《ことわ》れそうにないんだ」

朱里《あかり》は声をとがらせた。

「あなた、私《わたし》にプロポーズしたのよね。私《わたし》が先でしょう。婚約者《こんやくしゃ》がいるって言ってよ！」

「でも、今日きみに会うまで自分が一番乗りだったとは知らなかったわけだし。それでね、今度はぼくからきみに宿題を出していいかな？　達成できたらきみと結婚《けっこん》するよ」

朱里《あかり》は考えた。自分はもう「悪い女」という評判《ひょうばん》が広まっていて、新たな結婚相手《けっこんあいて》を探《さが》すのは難《むずか》しい。ここで良平《りょうへい》をのがすわけにはいかない。

「いいわよ。その宿題、受けて立つわ」

良平《りょうへい》が一通の手紙を差し出した。朱里《あかり》は勢《いきお》いよく受け取ると、一気に封《ふう》を開けた。

【朱里《あかり》さんへ。アメリカの某施設《ぼうしせつ》に囚《とら》われている宇宙人《うちゅうじん》を助け出してください】

「は？」

これは、完全にフラれているのだろうか？　それとも本当に宇宙人《うちゅうじん》はいるのだろうか？　助け出すって、手に手を取って逃《に》げろというのか？

いくつもの疑問《ぎもん》が浮《う》かび、朱里《あかり》が顔を上げた時、すでに良平《りょうへい》の姿《すがた》はそこになかった。

結婚《けっこん》。結婚《けっこん》。結婚《けっこん》。悩《なや》んだ末、朱里《あかり》は明日《あした》、パスポートを取りに行こうと決めた。

守護霊《しゅごれい》レンタルサービス

　ある日の午後。自分の部屋で小説を執筆《しっぴつ》していたアスミは、玄関《げんかん》の外からしつこく鳴らされているインターホンの音に気がついた。パソコンから顔を上げ、母を呼《よ》ぶ。

「お母さーん、だれか来たよー！」

　家中に響《ひび》くような大声を出してから思い出した。母は友だちとランチに出かけて留守《るす》だった。大学生の弟は、アイドルのコンサートに出かけている。この小さな家を建てるために長距離通勤《ちょうきょりつうきん》をしている会社員の父は、そもそも家でほとんど見かけたことがない。

「あー、面倒《めんどう》くさいことになっちゃったなー。だれにも会いたくないのに」

　この家が留守《るす》ではないことを、訪問者《ほうもんしゃ》に気づかせてしまったのだ。もし訪問者《ほうもんしゃ》が近所の口うるさいおばさんだったら、「新田《にった》さんちのアスミちゃんは、いい歳《とし》をして引きこもりな上に、客人の応対《おうたい》ひとつできない」などと言いふらされるにちがいない。

ここ数年、まったく本を出版《しゅっぱん》することができないアスミは、被害妄想《ひがいもうそう》ぎみだった。大学四年生の時、たまたま小説の新人賞を受賞して意気込《いきご》んでデビューしたものの、その本も、その次の本も絶望的《ぜつぼうてき》に売れなかった。今書いている三作目が売れなければ、もう執筆依頼《しっぴついらい》は来ないだろう。追《お》い詰《つ》められたアスミの作家生命は、まさに風前の灯《ともしび》だった。

インターホンは、アスミを責《せ》めるように鳴り続けている。

「しかたない。だれが来たのか確認《かくにん》してくるか……」

アスミはしぶしぶ椅子《いす》から立ち上がり、階下に降《お》りてインターホンのモニターを見た。

白黒の画面には、見覚えのない小太りの中年男が映《うつ》っている。つばのある黒い帽子《ぼうし》と黒いスーツ。丸い顔に、左右の先が跳《は》ね上《あ》がった黒いひげがいかにも怪《あや》しい。

「どちらさまですか？」ドアホンのマイクを通して、一応《いちおう》聞いてみる。モニターの向こうから、男が愛想《あいそ》よく答えた。「訪問販売《ほうもんはんばい》のものです」

「あ、そうですか。何も用はありません。さようなら」

アスミはそっけなく言ってモニターを切ろうとした。男のあわてた声が聞こえてくる。

「ま、待ってください。たしかに訪問販売《ほうもんはんばい》ですが、普通《ふつう》の訪問販売《ほうもんはんばい》じゃありません。物を売りたいわけじゃないんです。守護霊《しゅごれい》レンタルサービスのご案内にうかがいました」

アスミは思わず手を止めてモニターを見つめ、男に聞いた。「なんですって?」

「守《しゅ》・護《ご》・霊《れい》のレンタルサービスです。貴重な守護霊《しゅごれい》を、破格《はかく》のお値段《ねだん》でお貸《か》ししたいと思いまして。よろしければ話を聞いて……」

アスミは最後まで話を聞かずに玄関《げんかん》にダッシュし、ドアを開けて訪問販売員《ほうもんはんばいいん》の男を家の中へ引《ひ》き込《こ》んだ。面食《めんく》らった様子の男をにらみ、声を押《お》し殺《ころ》して言う。

「玄関先《げんかんさき》で変なことを言わないでください。私《わたし》の知人だとか、近所の人に思われたら」

この妙《みょう》な販売員《はんばいいん》をさっさと追《お》い返《かえ》したい。それには商談にケリをつけてしまうに限《かぎ》る。

「宗教《しゅうきょう》かなんかですか？　安いものなら買いますんで！」

「おお、わが社の商品に興味《きょうみ》を持っていただけましたか！　幸先がいい。実は、この商売を始めたばかりなんですよ。最近は霊《れい》の存在《そんざい》を信じない方が多くて、行き場を失った守護霊《しゅごれい》がヒマを持《も》て余《あま》している状況《じょうきょう》でしてね」

どこをどう突《つ》っ込《こ》んでいいかわからない。男はにこやかに説明を続けている。

「どうせなら、それぞれの特技《とくぎ》を生かしてアルバイトをしようということになり、私《わたし》の会社が顧客募集《こきゃくぼしゅう》の委託業務《いたくぎょうむ》を執《と》り行《おこな》うことになりまして。レンタルできる守護霊《しゅごれい》は特技《とくぎ》もさまざまですよ。弓の名人、乗馬の名人。さまざまな分野で、守護霊《しゅごれい》はお客様の力を強化します。あ、茶道《さどう》や仏像彫刻《ぶつぞうちょうこく》の名人もおりますな」

黒いバッグの中からカタログを出そうとする男を、アスミは必死で押《お》しとどめた。

「ゆ、ゆっくり話している時間がないんです。さっさと商品を置いて帰ってください」

男は少し残念そうにカタログを閉《と》じて言った。

「そうですか。では、私《わたし》のほうでチョイスさせていただきます。あなたのご職業《しょくぎょう》は？」

「……作家……です……」思わず小声になる。ようやく依頼《いらい》が来たというのに、スランプでまったく書けないのだ。締《し》め切《き》りは刻々《こくこく》と迫《せま》ってくる。アスミはヤケクソになって男に言った。「それじゃ、小説が書ける守護霊《しゅごれい》をお願いします。できれば恋愛小説《れんあいしょうせつ》の」

「作家、作家。恋愛作家《れんあい》」男はしばらく思案していたが、ポンと手を叩《たた》いて言った。

「うってつけの守護霊《しゅごれい》がおります」一枚《まい》のうすっぺらいお札《ふだ》を出す。

「これを布《ぬの》に包んでハチマキのように頭に巻《ま》いてください。サービス期間ですので、一か月一万円で」

「なにそれ！　めっちゃボッてる！」

「この守護霊《しゅごれい》の力を借りて執筆《しっぴつ》すれば、本はまちがいなくベストセラーになりますよ」

男は自信たっぷりに言い切った。アスミの心がグラグラと揺《ゆ》れる。

「……お借りします……」

アスミは胡散臭《うさんくさ》いお札《ふだ》を受け取り、なけなしの一万円を支払《しはら》った。

「ありがとうございます。守護霊《しゅごれい》のご利益《りやく》がありますように」

男が出ていったあと、部屋に戻《もど》ったアスミは、半信半疑《はんしんはんぎ》でお札《ふだ》を頭に巻《ま》いてみた。

「こんなのでベストセラーが書けるほど、チョロい職業《しょくぎょう》ならいいんだけどさ」

ところがである。ものの十分もしないうちに、アスミの体に執筆《しっぴつ》の情熱《じょうねつ》が湧《わ》き上《あ》がってきたのだ。何かにとりつかれたかのように、小説を書きたくてたまらない。

「ああ、パソコンなんてまどろっこしいもの、使ってられないわ！」

アスミはパソコンを放り出し、押《お》し入《い》れの中をひっくり返して『ある物』を探《さが》した。

「あった！　小学生の時、授業《じゅぎょう》で使ってたやつ。これさえあれば……」


一か月後。とある出版社《しゅっぱんしゃ》で、ひとりの編集者《へんしゅうしゃ》がため息をついていた。

「新田《にった》アスミか。こんなものを送りつけてくるなんて、何を考えているんだか」

机《つくえ》の上には、習字用の半紙に書かれた膨大《ぼうだい》な量の原稿《げんこう》が置いてある。縦書《たてが》きの筆文字があまりにも達筆すぎて、何が書いてあるのかまったく読み取れなかった。

「これが、時代を越《こ》えた恋愛小説《れんあいしょうせつ》の最高傑作《けっさく》？　大ベストセラーまちがいなしだって？　やれやれ……。あの作家ももうおしまいだな」

編集者《へんしゅうしゃ》は机《つくえ》の横のゴミ箱に、紫式部《むらさきしきぶ》の新作小説を投げ入れた。

プレゼント

私《わたし》はバスに揺《ゆ》られながら、トートバッグを開けた。

水色の紙袋《かみぶくろ》があるのをたしかめて、（よし！）と、心の中で気合いを入れる。

今日は学園祭二日目。でもって、芳野《よしの》くんの誕生日《たんじょうび》。

芳野《よしの》くんは水泳部でシンクロナイズドスイミングの公演《こうえん》をやるから、終わるまで気が張《は》っているだろう。プレゼントを渡《わた》すなら公演《こうえん》のあとだ。

手芸部の私《わたし》は、手づくり品を販売《はんばい》している。

私《わたし》がつくったのは、羊毛フェルトのキーホルダー。犬とネコのマスコットのうち、ひとつだけ黒い柴犬《しばいぬ》をつくった。芳野《よしの》くんが飼《か》っている犬に似《に》せたものだ。これを誕生日《たんじょうび》プレゼントにするつもり。

ここまで準備《じゅんび》しておいていうのもなんだけど、いかにも「プレゼントです」って感じでは渡《わた》したくないんだよね。

私《わたし》が芳野《よしの》くんを好きだってことは、まだ知られたくない。

「これ、売れ残ったんだけど、芳野《よしの》くんの犬に似《に》ているなあと思って。いる？」

という感じで、さりげなく渡《わた》したい。

学校の昇降口《しょうこうぐち》に着いた時、手芸部の沙羅《さら》が手を振《ふ》った。

「まるちゃーん、追加のチラシあるー？」

私《わたし》はトートバッグからチラシを入れたクリアホルダーを出して、沙羅《さら》に渡《わた》した。

「配るの？　それとも、壁《かべ》に貼《は》る？」

「配る分を残して、十五枚《まい》ぐらい壁《かべ》に貼《は》る」

「りょーかい！」

私《わたし》は沙羅《さら》と一緒《いっしょ》に、校舎《こうしゃ》の壁《かべ》にチラシを貼《は》ってまわった。

「こんなもんかな。じゃあ、私《わたし》、販売《はんばい》当番だから、またあとでね」

私《わたし》は沙羅《さら》と別れて、一階の被服室《ひふくしつ》に向かった。

部屋に入ると、ちょうど部長がみんなに話していたところだった。

「初日の販売《はんばい》目標は全商品の六割《わり》でしたが、五割《わり》しか売れていません。今日、がんばって売り切りましょう！」

「おー！」

みんなで、こぶしを突《つ》き上《あ》げる。

この連帯感が楽しい。いつもは個人《こじん》で好きなものをつくっているぶん、たまに体育会《たいいくかい》系《けい》っぽい感覚を味わえると、わくわくする。

私《わたし》はエプロンをつけて、商品を並《なら》べたテーブルの前に立った。被服室《ひふくしつ》に来たお客さんに、商品の説明をしてすすめる。

「これ、ください」

「ありがとうございます！」

ひとつ売れるたびに、手ごたえを感じる。自分のつくったものが売れるのはもちろんだけど、仲間がつくったものが売れるのも、スゴくうれしい。

販売《はんばい》しているうちに、水泳部の公演《こうえん》時間が迫《せま》ってきた。

私《わたし》は友だちに売り子を任《まか》せて、屋内プールに急いだ。

プールサイドはすでに観客でいっぱい。私《わたし》は後ろのほうに誘導《ゆうどう》された。

音楽が流れ、水泳部員がプールサイドに駆《か》け込《こ》んでくる。

私《わたし》は背伸《せの》びをして、芳野《よしの》くんを見守った。

潜《もぐ》って、水面に飛び出して、また潜《もぐ》って足技《あしわざ》を見せる。くるくる変わる演技《えんぎ》に、息をのんだ。


カッコいい……！


だけど、ほかにも芳野《よしの》くんをカッコいいと思っている子がいたらどうしよう。地味な私《わたし》は、ただでさえ芳野《よしの》くんの目に留《と》まりそうもないのに……。

小さくため息をついて、演技《えんぎ》に見入る。

いよいよフィニッシュだ。みんなでリフトを組み、仲間の肩《かた》の上に立った芳野《よしの》くんら数人がバク転で水に入る。わっと、歓声《かんせい》があがった。

「キャー」

私《わたし》は声をあげながら、拍手《はくしゅ》した。

やっぱり、カッコいい！

ふわふわした気持ちで被服室《ひふくしつ》に戻《もど》り、もう一度プレゼントを確認《かくにん》しようとトートバッグを開けて、ぎょっとした。

ない。芳野《よしの》くんへのプレゼントがない！

どこで落としたんだろう。チラシを貼《は》ってまわった時かな。

「ごめん。もう一度抜《ぬ》けさせて」

私《わたし》は友だちに謝《あやま》り、昇降口《しょうこうぐち》へ行った。落としたなら、このあたりだろうと思う場所を探《さが》したけど、見当たらない。

職員室《しょくいんしつ》に行って聞いたら、そんな落とし物は届《とど》いてないというので、学園祭実行委員会のテントにも行ってみた。やっぱりない。

これってプレゼントを渡《わた》すのは、やめたほうがいいっていう意味かな……。

私《わたし》はとぼとぼと、被服室《ひふくしつ》に戻《もど》った。


午後四時、学園祭が終了《しゅうりょう》。商品はすべて売れた。

「やったー！　お疲《つか》れ様《さま》ー」

みんなが盛《も》り上《あ》がる。私《わたし》も笑顔《えがお》で応《こた》えたけど、心の中はもやもやしていた。

被服室《ひふくしつ》を片《かた》づけたあと、自分のクラスの片《かた》づけも手伝おうと、階段《かいだん》を上ったところで、足が止まった。ドクンッと、心臓《しんぞう》が跳《は》ね上《あ》がる。廊下《ろうか》の先で、沙羅《さら》が芳野《よしの》くんに何かを渡《わた》していた。

私《わたし》はバッと身を翻《ひるがえ》し、階段《かいだん》を駆《か》け下《お》りた。

もしかしてプレゼント？　沙羅《さら》は芳野《よしの》くんが好きだったの？

混乱《こんらん》して、頭の中がまとまらない。

被服室《ひふくしつ》にひとりでいると、パタパタと沙羅《さら》がやってきた。

「あっ、まるちゃん。これ、芳野《よしの》くんから」

「えっ？」

沙羅《さら》が差し出したのは、見覚えのある水色の紙袋《かみぶくろ》――。

「芳野《よしの》くん、昇降口《しょうこうぐち》でまるちゃんが落としたのを拾ったんだけど、渡《わた》そうとしたら、まるちゃんがどこかへ行っちゃったって、言ってたよ」

私《わたし》は、はっとした。

沙羅《さら》は芳野《よしの》くんに何か渡《わた》していたんじゃなくて、受け取っていたんだ！

ほっとすると、沙羅《さら》がにいっと、意味ありげに笑った。

「芳野《よしの》くんって、まるちゃんのこと、ちらちら見てるよね。まるちゃんの落とし物に気がついたのも、見てたからじゃないの？」

かあっと、全身が熱くなる。

「そ、そんなことないよっ」

私《わたし》は否定《ひてい》しつつも、うれしくて舞《ま》い上《あ》がりそうだった。

ちょっとは期待してもいいのかな？

私《わたし》は笑顔《えがお》で頭を下げた。

「届《とど》けてくれて、ありがとう」

沙羅《さら》がひらひらと手を振《ふ》って去ったあと、私《わたし》は紙袋《かみぶくろ》の中身をたしかめた。

黒い柴犬《しばいぬ》が、つぶらな目で私《わたし》を見つめ返す。

朝、落としたのを拾われたなら、売れ残ったという言いわけは使えない……。

「よしっ！」

私《わたし》は紙袋《かみぶくろ》を胸《むね》に抱《だ》きしめ、階段《かいだん》を上った。

おおいなる宝《たから》

ペルシャの山の奥《おく》深くに大盗賊団《だいとうぞくだん》の拠点《きょてん》があった。その盗賊団《とうぞくだん》のお頭《かしら》は、世界中に名をとどろかせている大悪党《だいあくとう》だったが、寄《よ》る年波には勝てず、七十七歳《さい》の誕生日《たんじょうび》を目前に病に伏《ふ》してしまった。

お頭《かしら》は、三人の息子を自分の枕元《まくらもと》に呼《よ》んだ。

「一か月後、わしのいちばん喜ぶ宝《たから》を持ってきた者を、盗賊団《とうぞくだん》の次の頭《かしら》にする」

三人の息子たちは、それぞれ旅立っていった。彼《かれ》らは父親の好みをよく知っていた。お頭《かしら》は「百」という数字が大好きなのである。

一か月後、長男は百個《こ》の真珠《しんじゅ》がついた帽子《ぼうし》を持ってきた。次男は百個《こ》のダイヤがついた剣《けん》を持ってきた。ところが、三男が持ってきたのはガラスの小瓶《こびん》ひとつだけだった。

「魔術師《まじゅつし》を探《さが》し、どんな病をも治す薬をつくってもらいました」

お頭《かしら》は薬に飛びつくと「百の宝《たから》よりひとつの命だ」と言い、小瓶《こびん》の薬を一気に飲みほした。あと数日の命と言われたお頭《かしら》はすぐに元気になり、ベッドを出て歩き始めた。

「父上、盗賊団《とうぞくだん》は私《わたし》におゆずりくださいますよね？」

「何の話だ。わしは元気になったのだ。引退《いんたい》する必要はあるまい。文句《もんく》があるか？」

「いいえ。父上のお考えはよくわかりました」

三男は黙《だま》って引き下がった。

それから数日たつと、お頭《かしら》はあっけなく死んでしまった。

長男と次男はおどろいて聞いた。

「たしかに父上が悪いとは思うが、まさかお前、毒でも盛《も》ったのではあるまいな」

「そんなことはありません。父上のために薬を百の小瓶《こびん》に分けて、少し様子を見ただけですよ」

三男が広げた袋《ふくろ》の中には、残りの小瓶《こびん》が九十九個《こ》入っていた。

数学・実践《じっせん》問題

花鈴《かりん》のママは、アンチエイジング――歳《とし》を取ることへの抵抗《ていこう》――にハマッている。愛用しているのは、エイジングタイマー最新型。幅広《はばひろ》の指輪で、中央の切れ目で上下に分かれている。寝《ね》る前に左手薬指にはめて、上半分を右にまわせばセット完了《かんりょう》。タイマーがゆっくり戻《もど》りながら成長ホルモンの分泌《ぶんぴつ》に働きかけて、若返《わかがえ》りするらしい。早寝《はやね》するのが大事なポイントだからって、ママは夜十時には寝《ね》る。

どのくらい若返《わかがえ》りするかというと、実年齢《じつねんれい》の30パーセント。

ママは実年齢《じつねんれい》三十五だから、

35×30％＝35×0・3＝10・5

十年と半年分、若返《わかがえ》るわけ。つまり、

35−10・5＝24・5

二十四歳《さい》くらいに、なるんだよね。

効果《こうか》は一週間。ママは一週間後の夜に突然《とつぜん》、老《ふ》ける。思わず、あんただれって言いそうになるよ。今のところ、こらえているけど。

ママの理想は永遠《えいえん》の二十代。タイマー一個《こ》では足りなくなった時に備《そな》えて、もうひとつ買い置きもしてある。二個目《こめ》は右手の薬指にはめる。一個目《こめ》の90パーセントの若返《わかがえ》りなんだって。たとえば、ママが五十歳《さい》になった時に、

左手（一個目《こめ》）50×０・３＝15

右手（二個目《こめ》）15×０・９＝13・5

50−（15＋13・5）＝21・5

ひゃー。実年齢《じつねんれい》五十が、見た目二十一歳《さい》！ ためしに百歳《さい》も計算してみよう。

一個目《こめ》 １００×０・３＝30

二個目《こめ》 30×０・９＝27

100－(30＋27)＝43

四十三歳《さい》か。永遠《えいえん》の二十代は、ムリだね。ま、十四歳《さい》の花鈴《かりん》には関係ない。

と思っていたら、なんと、裏《うら》ワザがあった。

クラスメイトの夏実《なつつ》が、スマホで自撮《じど》りした写真を見せてくれたんだ。

「うわ、大人《おとな》っぽい、ほんとに夏実《なつつ》？」

夏実《なつつ》は、へへっと笑う。いつもの、中二の彼女《かのじょ》だ。

「ネットで見つけたんだ。最新型エイジングタイマーの裏《うら》ワザ。リングを逆《ぎゃく》まわしすると、実年齢《じつねんれい》の30パーセント、大人《おとな》になる。ただし、効果《こうか》は本来の使い方よりずっと短くて、夜には元に戻《もど》っちゃう」

ってことは、ええと、

14×0・3＝4・2

14＋4・2＝18・2

十八歳《さい》！　〝あこがれの彼《かれ》〟のファーストライブを聞きにいける年齢《ねんれい》!?

彼《かれ》を知ったのは一か月前、夏休み中のこと。早朝ジョギングに行った公園で、ギター片手《かたて》に歌っていた。胸《むね》がきゅんとした。それから毎朝、早起きして公園に通っている。夏休みが終わった今も。いつも十数人のファンが聴《き》き惚《ほ》れている。

で、こないだ、彼《かれ》が言った。

「来週の土曜日、ライブデビューします。ランチタイムの二時間で、店の名は……」

高校生や大学生っぽい女の人たちが「ぜったい行くよぉ」って盛《も》り上《あ》がって拍手《はくしゅ》している中、花鈴《かりん》はしょんぼり帰ってきた。そのライブハウスは、昼間でも中学生だけじゃ入れてくれない。保護者同伴《ほごしゃどうはん》ならオッケーだけど、そんなのはずかしすぎる。

「夏実《なっつ》、詳《くわ》しく教えて。あたしの初恋《はつこい》がかかってるの」

「よっしゃ、全力で応援《おうえん》する」

アドバイスをもらいながら、計画を練った。エイジングタイマーは、ママの買い置きをこっそり借りる。服は、夏実《なっつ》のお姉ちゃんを頼《たよ》ることにした。

そしてライブの前日、金曜日の夜。タイマーを指にはめて、十時にベッドに入った。

指輪の上半分を、左向きにまわす。固くて動かない。でも、夏実《なつつ》に教わった通り、もう一度、まわす。今度は、ギリッという手ごたえとともに動いた。ドキドキして眠《ねむ》れないかもって心配だったけれど、タイマーをセットしたらすぐに眠《ねむ》くなった。

早朝に目覚めて、鏡の前に立った。

わぉ、十八歳《さい》の花鈴《かりん》。胸《むね》が大きくて、はずかしいような、うれしいような。

いつもよりていねいに顔を洗《あら》い、髪《かみ》をとかし、夏実《なつつ》のお姉ちゃんに借りたミニワンピースを着る。化粧《けしょう》は、日焼け止めジェルをうすく伸《の》ばして、あとはあえて、ピンクの口紅《くちべに》だけ。塗《ぬ》り方《かた》も教わって練習した。肌《はだ》の美しさが引き立って、下手《へた》な化粧《けしょう》するよりずっときれい、って夏実《なつつ》のお姉ちゃんのアドバイス。

ホント、きれい。パパやママにも見せたくなっちゃう。でも我慢《がまん》。エイジングタイマーを勝手に使ったのがバレちゃうし、ライブなんてダメって止められるに決まっている。

それに土曜日はふたりとも寝坊《ねぼう》。花鈴《かりん》はそっと家を出た。

ライブ開始まで、まだまだ時間がある。ファンの人たちは、会場の店で朝から待つって言ってたけれど……そうだ、公園に行ってみよう。もしかしたら、彼《かれ》がいるかも。

いた。取り巻《ま》きもいなくて、彼《かれ》ひとり。ギターを抱《かか》えて、発声練習している。木漏《こも》れ日《び》がスポットライトみたい。ドキドキしながら近づく。いつもより、もっと近くへ。目が合った。彼《かれ》が首をかしげる。

「あれ？　どこかで会ったこと、あるよね」

「毎朝、歌を聴《き》きに来てます」

「え？　あれ？　ごめん、ちゃんと覚えてなくて」

うろたえる彼《かれ》を、花鈴《かりん》は優《やさ》しくほほ笑《え》んで見つめる。十八歳《さい》できれいだと、こんな余《よ》裕《ゆう》もできちゃう。

「おわびに、きみのために、一曲歌わせて」

夢《ゆめ》みたい。彼《かれ》のオリジナル曲をリクエストした。うっとり聴《き》き終えて、

「この歌、大好き」

花鈴《かりん》の言葉に、彼《かれ》が頬《ほお》を染《そ》めて、うれしそうに笑う。ああ、幸せ。

「あのさ……よかったら連絡先《れんらくさき》、教えてくれない？」

うれしくて飛《と》び跳《は》ねそうになるのをこらえ、花鈴《かりん》はうなずく。彼《かれ》がバッグからスマホを取り出す。その時、何かがバッグから転がり落ちた。彼《かれ》はすぐに拾い上げバッグに戻《もど》したけれど、視力《しりょく》のいい花鈴《かりん》はばっちり見てしまった。

エイジングタイマー、しかも二個《こ》。彼《かれ》も使ってたんだ。ということは、見た目と年齢《ねんれい》がちがうってこと。見た目は二十二歳《さい》くらいだから……頭の中で必死に方程式《ほうていしき》を組み立てる。実年齢《じつねんれい》xとして、

$$x-\{0.3x+0.9(0.3x)\}=22$$

方程式《ほうていしき》、これで合ってる？

あ、でも、もしかしたら、花鈴《かりん》と同じ、裏《うら》ワザかも？　ええとその場合は、

$$x+\{0.3x+0.9(0.3x)\}=22$$

彼《かれ》が目の前でほほ笑《え》んでいる。花鈴《かりん》の頭はパニック。方程式《ほうていしき》が解《と》けない。

彼《かれ》、本当は、何歳《なんさい》？　だれか、計算して！

ある一流企業《きぎょう》の秘密《ひみつ》

山中《やまなか》は、ある一流企業《きぎょう》に中途採用《ちゅうとさいよう》で入社した。

彼《かれ》は真面目《まじめ》で優秀《ゆうしゅう》な人材だった。新しい会社でも、これまでの経験《けいけん》を生かしつつ、さらに努力を重ね、わずか二年ほどで社内である程度《ていど》の地位を確立《かくりつ》した。

それなのになぜか、山中《やまなか》はいまだに、この会社の社長に会ったことがない。

会社のホームページには、社長の写真がでかでかと掲載《けいさい》されているが、山中《やまなか》はその人物の姿《すがた》を社内で一度も見かけたことがないのだ。

採用試験《さいようしけん》の面接《めんせつ》の時も社長はいなかったし、出世後、会社の上層部《じょうそうぶ》だけが集まる会議に出席しても、社長が顔を見せたことはなかった。

「おお山中《やまなか》くん、先日の件《けん》、きみのおかげで先方もたいへん喜んでいたよ」

ある日の昼休み、副社長に声をかけられた山中《やまなか》は、思い切って尋《たず》ねてみた。

「それはよかったです。ところで副社長、私《わたし》はいまだに社長にお会いしたことがないのですが、社長はいつ社内にいらっしゃるんでしょうか？」

「ああ、社長ね。うーん、お時間がとれそうな日があるか聞いてみるよ」

またか、と山中《やまなか》は内心思った。

だいぶ前に聞いた時も同じような反応《はんのう》を返され、それ以降《いこう》いっさいその話題にはならなかったのだ。

ほかの上司に聞いてみても、結局のところ社長が姿《すがた》を見せない理由はよくわからない。ご病気なのかもしれないな、と山中《やまなか》は思った。

これだけの一流企業《きぎょう》であれば、多方面へのさまざまな影響《えいきょう》を考えて、社長の病気を秘《ひ》密《みつ》にするのもありえないことではない。

あんまり気にしないことにするか。

そう考えた山中《やまなか》は、この問題には深入りしないようにした。

数か月後、いくつかの大きな取引がうまくいったあとで、山中《やまなか》は社長室に呼《よ》ばれた。

とうとう社長にお会いできるのか！

山中《やまなか》は、副社長に案内されながら社長室へと向かった。

そういえば、今まで社長室の場所すら知らされていなかったな。

実際《じっさい》、社長室は社内でもだれも気づかないような場所にあった。そのうえ、「社長室」というプレートすらなかったのだ。

「山中《やまなか》くん、さあ、中へ入って。ただし、ここで見たことは他言無用で頼《たの》むよ」

いつになく厳《きび》しい表情《ひょうじょう》を浮《う》かべた副社長にそう言われ、山中《やまなか》は不審《ふしん》に思った。

いったい、どういうことだ？

山中《やまなか》が緊張《きんちょう》しながら中に入ると、そこにいたのは、とてもかしこそうなゴールデンレトリーバーだった。

「えっ？」

犬は山中《やまなか》の顔を見ると、尻尾《しっぽ》を大きく振《ふ》ってそばに寄《よ》ってきた。

「社長がここで犬を飼《か》われているんですか？　それを秘密《ひみつ》にしろと？」

社内で犬を飼《か》うというのは、たしかに歓迎《かんげい》されることではないかもしれない。アレルギーの人や犬嫌《いぬぎら》いの人も中にはいるだろう。

でも、このことを隠《かく》すために、社長室の場所さえも社員に知らされていないというのは、やりすぎではないだろうか。

山中《やまなか》は困惑《こんわく》した。すると、副社長が耳を疑《うたが》うようなことを言ったのだ。

「山中《やまなか》くん、この犬こそが、わが社の社長なんだよ」

山中《やまなか》がますます困惑《こんわく》したのは当然である。

「えっ⁉　では、ホームページにある写真の方は？」

「うん。あの方は先代なんだ」

副社長の真剣《しんけん》な顔からは、これがウソや冗談《じょうだん》ではないことがうかがえた。

しかし、山中《やまなか》は一応《いちおう》、今日がエイプリルフールではないことを確認《かくにん》した。

「えーと、何とお呼《よ》びすれば？」

「社長は社長だよ。今は社長と呼《よ》ばなければ、いっさい反応《はんのう》しない。もともとは、六年前に亡《な》くなった先代が飼《か》われていた犬なんだ。先代がお元気なころから、何かビジネスで迷《まよ》うことがあるたびに、この犬におうかがいをたてて、犬が選んだ案を採用《さいよう》してきた。それは百発百中で、必ずその案件《あんけん》は成功を収《おさ》めた。それでうちの会社はここまで大きくなったんだ」

「そんな……。犬が、どうやって案を選ぶんですか？」

「内容を説明してから、書類を床《ゆか》に置くんだ。案の数だけ並《なら》べてね。すると、右の前足をこれがいいと思った書類の上にのせるんだよ。ですよね、社長」

「社長」と呼《よ》ばれて、犬はワン！　と一声ほえた。

「うーん。そんなことがあったとは……。それで、今日、私《わたし》が呼《よ》ばれたのは、どういった要件《ようけん》なんでしょう？」

「うん、それなんだが」

言いかけて、副社長は山中《やまなか》にソファをすすめた。山中《やまなか》が腰掛《こしか》けると、その足元に「社長」が寄《よ》りそった。

「先代が急に亡《な》くなられたこともあり、この六年間、後任《こうにん》にふさわしいのはだれか、という議題は常《つね》にあったのだが、上層部《じょうそうぶ》の意見が割《わ》れてしまってね。それで、この犬……社長におうかがいをたてたんだ。候補者《こうほしゃ》の顔写真をいくつか床《ゆか》に並《なら》べて」

「へぇ、それでだれが選ばれたんですか？」

「いや、社長はだれの写真も選ばなかったんだ。候補者《こうほしゃ》を入《い》れ替《か》えてみても、だれにも興味《きょうみ》を示《しめ》さなかった。だから、しばらくは副社長である私《わたし》が社長代理として表に立ち、会社の方針《ほうしん》は社長に決めてもらっていたのだが、大型犬の寿命《じゅみょう》はそれほど長くはない。社長も、見た目からはあまりわからないかもしれないが、だいぶ高齢《こうれい》なんだ。それで、先月久《ひさ》しぶりに後継者《こうけいしゃ》選《えら》びを行った時に……」

ここまで言って、副社長は山中《やまなか》の顔をじっと見た。

「きみの写真に右の前足で触《ふ》れたんだ。つまり、きみが新社長に選ばれたということなんだよ。きみは真面目《まじめ》で優秀《ゆうしゅう》な社員だ。役員会のメンバーの中に反対する者はだれもいなかったよ」

「社長」は、山中《やまなか》の足元でお座《すわ》りのかっこうをしたまま、再《ふたた》びワン！ と一声ほえた。

こうして、山中《やまなか》はこの会社の社長に就任《しゅうにん》した。社長室にはそのあともあの犬がいたが、山中《やまなか》は犬には頼《たよ》らず、会社の上層部《じょうそうぶ》をはじめとする社員たちと相談しながら、会社の方《ほう》針《しん》を決定していった。犬は、今度は「会長」と呼《よ》ばないと反応《はんのう》をしなくなった。

「佐々木《ささき》くん、『会長』の飲み水を変えてもらえるかい?」

山中《やまなか》がそう言うと、新しく雇《やと》った秘書《ひしょ》がおかしそうに笑った。

「おかしいかい? でも、この犬は先日まで『社長』で、今は第一線を退《しりぞ》いて『会長』に就任《しゅうにん》されたんだから、そう呼《よ》ぶのは当然だろう?」

「まあ、社長は冗談《じょうだん》がお好きなんですね」

冗談《じょうだん》じゃないんだけどなと思いながら、山中《やまなか》は「会長」の頭をなでた。

フェイクニュース

美月《みづき》は電話を受けると、ハキハキと答えた。

「はい、ぴかぴかテレビ局カスタマーサービス……」

「です」は、怒鳴《どな》り声《ごえ》にかき消された。

「また、フェイクニュースを流しやがって。だから、マスコミは信じられないんだ！」

今朝《けさ》から、同じような怒鳴《どな》り声《ごえ》の電話が、ひっきりなしに続いている。

美月《みづき》はひたすら相づちを打ち、謝罪《しゃざい》の言葉をくり返した。

「申しわけございません。ご意見ありがとうございます」

こうした電話がひっきりなしにかかってくるのは、

「ニュース番組の内容は、放送局が情報《じょうほう》を操作《そうさ》している」

というコメントが、インターネット上で拡散《かくさん》されているせいだ。

「いい情報《じょうほう》をありがとう」という電話もあるものの、クレームの電話のほうが圧倒的《あっとうてき》に多い。

美月《みづき》は、ふーっと、大きく息を吐《は》いた。

「結局、人は自分が信じたい情報《じょうほう》しか、欲《ほ》しくないのよね」

ニュース番組をつくっている報道局《ほうどうきょく》では、どういう番組をつくるべきか、毎日のように議論《ぎろん》していた。

「どんなに手間ひま掛《か》けて取材をしても、欲《ほ》しい情報《じょうほう》しか欲《ほ》しくないなら、事実を伝える必要はないのではないか」

「このままだと、インターネットに視聴者《しちょうしゃ》を奪《うば》われます」

見てもらえないなら、放送局としてニュース番組を続けられない。

人はなぜか、何を根拠《こんきょ》としているのかわからない情報《じょうほう》でも、「マスコミが伝えたがらない」とか「マスコミの闇《やみ》を暴《あば》く」という一文がつくだけで「これぞ、真実だ」と信じたがる傾向《けいこう》にある。

「陰謀説《いんぼうせつ》とか、好まれますよねえ」

「まあたしかに、世界を裏《うら》で操《あやつ》っている組織《そしき》や人物がいたら、おもしろいもんなあ」

「悪者をつくって否定《ひてい》すれば、自分は善人側《ぜんにんがわ》だと思えますよね」

「正義感《せいぎかん》をくすぐられると、シェアしたくなりますしね」

「一方にとっての正義《せいぎ》は、他方にとってはちがうという観点を意識《いしき》しないと、関係のない人を陥《おとしい》れることになるかもしれないよなあ」

「シェアしたくなるのは、情報《じょうほう》の発信者が人の心理をよく心得ているってことでしょう」

「人が心の底で欲《ほ》しがっている情報《じょうほう》を、与《あた》えているってことか」

プロデューサーは頭を抱《かか》えた。

「どうしたものか……」

一年後。

朝のニュース番組で映《うつ》し出《だ》されたのは、いつもとはちがうスタジオだった。

アナウンサーが、ニュースを読み上げる。

「国立地球研究所より、大規模《だいきぼ》な※地殻変動《ちかくへんどう》が起きる兆候がみられる、との発表がなされました。五時間後の記者会見で、あらためて変動地域《へんどうちいき》、規模《きぼ》、被災《ひさい》予想について解説《かいせつ》がなされる予定です」

研究員による会見映像《えいぞう》に切《き》り替《か》わると、テレビ画面の下に、テロップが入った。

——このニュースについて、次のうちから好きな情報《じょうほう》をお受け取りください。

①このニュースは、そもそもウソである。

②このニュースは、世界を裏《うら》で操《あやつ》る組織《そしき》の陰謀《いんぼう》である。

③日本にはまったく被害《ひがい》はない。

④日本列島全体に異変《いへん》が起きる。

⑤地球の大陸が大移動《だいいどう》する。

いっせいに、カスタマーサービスの電話が鳴《な》り響《ひび》いたが、電話に出る者はいなかった。

応答《おうとう》したのは、自動音声。

「お電話ありがとうございます。次の中から、今のお気持ちに近い答えの番号をプッシュしてください」
①選択《せんたく》ニュースは、すばらしい。
②選択《せんたく》ニュースは、もう嫌《いや》だ。
③どちらでもない。

そのころ、美月《みづき》は同僚《どうりょう》たちとともに、海外の空港に到着《とうちゃく》したところだった。

「バスは、こちらでーす」

ガイドさんが、テレビ局のロゴが入った旗を振《ふ》る。美月《みづき》たちはキャリーケースを引いて、ガイドさんについていった。

美月《みづき》は同僚《どうりょう》に話しかけた。

「まさか、移転《いてん》するとはびっくりだね」

同僚《どうりょう》がうなずいた。

「でも、よかった。家族も連れてこられたし」

「うん。安全な場所に来られてよかった。※地殻変動《ちかくへんどう》は十～二十年ぐらいで落ち着くみたいだから、そのうち日本に戻《もど》れるよね」

「それまで、この国の暮《く》らしを楽しめるね」

美月《みづき》は弾《はず》む足取りで、バスに乗《の》り込《こ》んだ。

ガイドさんが、マイクを握《にぎ》った。

「みなさま、長旅お疲《つか》れ様《さま》です。テレビ局の新社屋には、ここから三十分ほどで到着《とうちゃく》いたしまーす」

※地殻変動《ちかくへんどう》＝地球の表面にある地殻《ちかく》にさまざまな力が加わることで、プレートが移動《いどう》したり、山脈《さんみゃく》が隆起《りゅうき》したり、平野がしずんだりと、さまざまな変動が生じる。

スーパー赤い糸

あたしの名前は美希《みき》。十八歳《さい》。告白されたり、ラブレターをもらったりした回数は、数えきれない。いい感じになったことも何度もある。なのに、カレシいない歴十八年。

中学生の時は、いいところで相手が転校してそれっきり。高校で意気投合したクラスメイトは、あたしの姉に出会った瞬間《しゅんかん》たがいにビビッときたとかで、今もラブラブ。

大学生になって、サークルのすてきな先輩《せんぱい》に告白されて喜んだのはつい先週。翌日《よくじつ》に彼《かれ》のペットがヘビだと知った。あたしかヘビかどっちか選んで、っていったら、美希《みき》が大好きだけれど赤い糸の相手じゃなかったって、彼《かれ》は泣いて去っていった。

どうしてうまくいかないんだろう。愚痴《ぐち》るあたしに、おばあちゃんが教えてくれた。

そういう時は、地元の縁結《えんむす》びの神さまが頼《たよ》りになるよって。

それで、夏草のしげった階段《かいだん》をのぼり、この小さな神社に来たってわけ。年に一度のお祭り以外は無人、今も人の姿《すがた》はなく、セミの声ばかりが響《ひび》く。あたしは、用意してきた五円玉を賽銭箱《さいせんばこ》に入れ、二礼し、かしわ手を二回打った。おばあちゃんに教わった作法だ。手を合わせ、声に出して訴《うった》えた。

「縁結《えんむす》びの神さま、あたし、けっこうかわいいし、性格《せいかく》もいいと思うんです。なのにカレシがいないのって、おかしくないですか。あたしの赤い糸はどうなっているんでしょう。どっかで、もつれてません？　まさか切れてるってことはないですよね」

地元の神さまだもん、この地で生まれ育ったあたしの声なら届《とど》くはず。

「早く、赤い糸の相手に会わせてください」

頭を下げた。そしたら、返事があった。

「ごめーん、忘《わす》れてた」

賽銭箱《さいせんばこ》の向こう、本堂の扉《とびら》が開いて、光の玉が浮《う》かんでいる。と、思ったら、玉は、あぐらを組んだ男の姿《すがた》に変わった。

「われこそは、この地の縁結《えんむす》び神。ほんとーに、ごめん。千年に一度のレアミス。きみの小指に赤い糸を結ぶの、忘《わす》れたみたいだわ」

ふくよかな顔で、首をすくめている。宙《ちゅう》に浮《う》いているし、影《かげ》もできていない。ほんとうに神さまなのね。でもって、忘《わす》れた？

あたしは自分の小指を見た。赤い糸、忘《わす》れられちゃったんだ……。

「あ、泣かないで、えーと、美希《みき》ちゃん？　ちゃんとフォローするから」

こぼれたなみだをはらって、顔を上げる。

神さまは目を細め、口をすぼめた。その口からひとすじの赤い光が吹《ふ》き出《だ》され、あたしのほうへ漂《ただよ》ってくる。あたしは両手を差し出した。

「こういう時のために、『スーパー赤い糸』があるのだよ」

手のひらに、赤く光る糸がのる。糸の片端《かたはし》が、左手の小指に巻《ま》きついた。

「その糸を、美希《みき》ちゃんの望む相手につないであげよう。だれがいい？」

突然《とつぜん》そう言われても、だれの顔も浮《う》かばない。

「サークルの先輩《せんぱい》は？　ヘビ嫌《ぎら》いにしてあげるよ」

「あの人はもういい。そこまで好きだったわけじゃないし」

「じゃ、姉さんの恋人《こいびと》？　もともと、きみが先に知り合ったわけだしね」

ふくよかな顔でにこにこと提案《ていあん》してくるけれど、それって姉から奪《うば》うってことじゃん。

あたしは首を横に振《ふ》る。彼《かれ》は姉の恋人《こいびと》、あたしの友人。それでいい。

「ふうん。じゃあ……」

神さまは、首をかしげてあたしを見つめ、ポンと膝《ひざ》をうつ。

「今、通っている歯医者、好みでしょ。うん、あれはいいやつ、オススメだわ」

は？　たしかに目と声はいいなと思う。だけどありえない。

「歯医者さん、結婚《けっこん》してるよ。子どももいる」

「ちゃんと離婚《りこん》させるよ。問題なし」

神さまはにこやかな顔のまま、さらっと、のたまう。

「うわ、やめてよ」

「どうして？　それが、スーパー赤い糸の特権《とっけん》だよ。別れた奥《おく》さんと子どものアフターケアもこっちでするから、心配いらない」

「ヤダ。相手は独身《どくしん》に限《かぎ》る。あと、年の差も五歳上《さいうえ》くらいまで」

「ふうん。ほかに条件《じょうけん》は？　ぜんぶ、叶《かな》えちゃうよ」

さすが神さま、見た目通りの太《ふと》っ腹《ぱら》。ならば、

「きりっと涼《すず》しげなイケメン、優《やさ》しくて、勇気もあって、誠実《せいじつ》。動物好き。あ、でも爬《は》虫類《ちゅうるい》をペットにしない人。でもって、頭がよくて、スポーツマン。あとは、夢《ゆめ》を持っていて、将来有望《しょうらいゆうぼう》」

一気に言ってから欲張《よくば》りすぎたかなって、ちょっと反省する。

「わかった。任《まか》せなさい」

「いいの？」

「スーパー赤い糸は、縁結《えんむす》びの腕《うで》の見せどころ。張《は》り切っちゃう。幸せを約束するよ」

翌日《よくじつ》。早朝に神さまに起こされ、言われるままに公園へ行き、カラスの集団《しゅうだん》に襲《おそ》われ

ている若《わか》い男性《だんせい》を助けた。といっても、あたしが駆《か》け寄《よ》っただけで、カラスはいっせいに飛び去ったんだけど。

子猫《こねこ》を助けようとして自分が襲《おそ》われた、って苦笑いする彼《かれ》に、あたしはひとめぼれした。彼《かれ》はダンサーで、ミュージカルで初めて大役をもらったところ。カラスに顔をつつかれでもしたら舞台《ぶたい》に立てなかったって、すごく感謝《かんしゃ》された。ミュージカルの招待券《しょうたいけん》をもらい、夕食に誘《さそ》われた。お礼にごちそうしたいって。カノジョも一緒《いっしょ》に。

その深夜、神さまが部屋に現《あらわ》れた。

「どう？　彼《かれ》、気に入った？」

「最高。だけどカノジョがいる。彼《かれ》の赤い糸の相手だよね」

「スーパー赤い糸のほうが強いよ。美希《みき》ちゃんの小指を彼《かれ》の小指に絡《から》めるだけでいい。そしたら元の糸はほどけて、今の恋人《こいびと》とはきっぱり切れるから」

「カノジョはどうなるの？」

「アフターケアは万全」

うん、この神さまなら、ちゃんとしてくれるだろう。今現在《げんざい》、レアミスのアフターケアを受けている身だから、よくわかる。

「彼《かれ》が、美希《みき》ちゃんの理想の男性《だんせい》だよね」

あたしはうなずいた。

「そうと決まれば善《ぜん》は急げ。さっそく、彼《かれ》の部屋へ行っちゃおう」

神さまに包まれたと思ったら、移動《いどう》していた。

彼《かれ》がベッドで寝《ね》ている。布団《ふとん》の上に腕《うで》を投げ出して。

「ほら、チャンス。小指、絡《から》めて」

そっと近づく。あたしの小指と彼《かれ》の小指の先が触《ふ》れ合《あ》った。そしたら、彼《かれ》の小指の赤い糸が見えた。震《ふる》えている。彼《かれ》とカノジョがともにすごしてきた時間も、見えた。初々《ういうい》しい出会いから気持ちが通い合うまでの日々、すれちがい、仲直り、ふたりで育《はぐく》んだ将《しょう》来《らい》への夢《ゆめ》……そういうものが大きな波となってあたしを襲《おそ》った。

「美希《みき》ちゃん、こういうのはためらっちゃだめ。ほら、思い切って」

だって、小指が動かない。

「しょうがないなぁ。手伝ってあげるよ」

あたしの手に神さまの手がそえられる。ぷっくりかわいい指……。

「み、美希《みき》ちゃん？」

神さまのうらがえった声を聞いて、われに返った。

「あっ」

自分でもおどろいた。

あたしは自分の小指を――スーパー赤い糸の小指を――神さまの小指に巻《ま》きつけていたの。

そんなわけで、太《ふと》っ腹《ぱら》で熱い心《ハート》を持つ縁結《えんむす》びの神の、パートナーになったあたし。みんなの赤い糸が見える。時々、神さまを手伝ったりもしていて、もつれた糸をほぐすのが得意。

あなたの赤い糸はどうなっているのかって？　うん、それなんだけれど……。

ライブステージにて

「次は豆電球《まめでんきゅう》の漫才《まんざい》です。どうぞ！」

そうアナウンスされ、舞台《ぶたい》に上がると、いつもと変わらない閑散《かんさん》とした風景。

「先日買い物へ行ったんですよ。したらね、トラがおったんですわ」

「んなわけあるかい！」

「まあ、トラ柄《がら》のセーター着たおばはんやったんですけど……」

相方の頭をはたきながら、ちらりと客席へ視線《しせん》を送ってみるものの、そこにあるのは失笑だけ。売れへん芸人にとって、ありきたりな日常《にちじょう》の光景や。

「反省会しにメシでも、行くか？」

「いつものとこしか行けへんで」

いつものとこ、っちゅーのはお手軽《てがる》に空腹《くうふく》を満たしてくれる、駅前の牛丼屋《ぎゅうどんや》。

「ほな、ぼちぼち行こか」

と、腰《こし》を上げた瞬間《しゅんかん》やった。

「わっ!」

扉《とびら》のところに、白髪《しらが》まじりで、作務衣《さむえ》のような服を着た、見知らぬおっさんがぼーっと突《つ》っ立《た》っとったから、思わず変な声が漏《も》れる。

「おっさん、どっから入ってきたん?」

「ここは関係者以外、立ち入り禁止《きんし》やで?」

そう声をかけてみても、微動《びどう》だにせず、不敵《ふてき》に笑うだけ。

「おっさん、ここで何しとんねん」

しびれを切らした俺《おれ》が、口を開くと、

「お前たちを見守っていた」

なんて言いながら、ほほ笑《え》んでみせる。

「楽屋を見とったって、何もおもろいことは起きへんで？」

「すんまへん、俺《おれ》らそろそろ帰りたいんですわ」

と頭を下げる。せやけど、話はここで終わらんかった。

「日本には、万物《ばんぶつ》に神が宿るという話を知っているかな？」

「は？」

「わしは万物《ばんぶつ》に存在《そんざい》している神のひとり。マイクに宿っている神なのじゃ」

そう言い放った瞬間《しゅんかん》、俺《おれ》と相方は顔を見合わせ、笑いをこらえる。しかし、おっさんは俺《おれ》らのことなんか気にせんと、真顔で続けた。

「お前たちは、出番が終わるといつもていねいにマイクを拭《ふ》いてくれる。舞台《ぶたい》でマイクを乱暴《らんぼう》に使うこともない。その行いがわしを呼《よ》んだのじゃ」

「そんだけで？」

あかん……もう限界《げんかい》や。相方がこらえきれず、コップの水を盛大《せいだい》に噴《ふ》き出《だ》した。

しかし、おっさんはまったく動じない。

「当たり前のことができない人間が多いのじゃよ」

「わかった。ほな仮《かり》にや、おっさんが神さまだとして、俺《おれ》らに何か頼《たの》みがあるんか？」

「いやいや逆《ぎゃく》じゃ。いつもの礼をかねて、願いをひとつ叶《かな》えてやろうと思ってな」

「ウソやろ」

「神に二言はない」

きっぱりと言い切ったおっさんの言葉を聞いて、一気にテンションが上がる相方。

「すっげー！　なんでもええの？」

「んなわけあるかい！」

俺《おれ》が、そうツッコミを入れる前に、

「世界平和、戦争断絶《だんぜつ》なんていう、大規模《だいきぼ》な願いでなければ大丈夫《だいじょうぶ》じゃよ」

と、力強い答えが返ってくる。

「ほんまかいな？」

「ほんまやろ」

これは、もしかしたら大チャンスかもしれへん。マイクは芸人の商売道具やから……

そう思い、常《つね》に大事にしていてよかった。人生、何が起こるかわからんもんや。

「そや、こんなんはどやろ。来月、俺《おれ》ら初の単独《たんどく》ライブがあるやろ?」

それは、〝ここが勝負や〟と事務所《じむしょ》が大々的に宣伝《せんでん》してくれているライブ。会場の規模《きぼ》もでかい。にもかかわらず、チケットの売れ行きは散々で、あせっていたところやった。

「だからな、○月△日のライブ会場を、お客さんで満員《まんいん》に……なんてことができたら」

そんな無理を承知《しょうち》で言ってみた俺《おれ》らに、

「そんなことでよいのか?」

若干《じゃっかん》、不満そうなおっさん。

「これがいいんです。俺《おれ》らにとってはでかすぎる夢《ゆめ》なんですわ」

と、大真面目《おおまじめ》な顔でうなずく。そんな俺《おれ》らをおっさんはかわるがわる見る。そして、

「わかった……必ず叶《かな》えよう」

と言い残し、次の瞬間《しゅんかん》、何事もなかったように姿《すがた》を消してしまったのだ。

「消えた……？」

「ほら、言うたやん。本当に神さまなんやって」

俺《おれ》らにもとうとう、本物のツキがまわってきたってこと？

このチャンスをのがしたらあかんと、俺《おれ》たちは今まで以上に稽古《けいこ》に励《はげ》んだ。


そして、練習に練習を重ね、気合い十分のライブ前日。

「あれ？　事務所《じむしょ》からメールや。明日《あした》の段取りやろうか？」

ところが、その内容を目にした瞬間《しゅんかん》、俺《おれ》らの表情《ひょうじょう》は、北極のように凍《こお》りつく。

『明日《あした》、〇月△日のライブですが、アイドルのゲリラライブが行われることになったため、会場を変更します』

満員御礼《まんいんおんれい》となった、ゲリラライブ会場の裏通《うらどお》り。いつもの舞台《ぶたい》に立つ俺《おれ》らの前には、ふだん通りの閑散《かんさん》とした光景が広がっていた。

文通

啓太《けいた》は、週に三日、学習塾《がくしゅうじゅく》に通っている。帰りはいつも夜八時半ごろ。コンビニの角が、友だちとの別れ道だ。夜道は心細くて、以前はここから走って帰っていたが、このごろ、楽しみなことができた。

「今日も会えるかな」

前方に目をこらし、後ろを振《ふ》り返《かえ》り、また前を見ると、

「あっ、いる！」

長い髪《かみ》をふたつに結んだ女の子が、ずっと前のほうを姿勢《しせい》よく歩いていく。

啓太《けいた》と同じ小学校ではないようだ。いつも、いつのまにか同じ道を歩いていて、途中《とちゅう》で右に曲がっていなくなる。

一度、啓太《けいた》は、街灯《がいとう》の下に立っていたその子を追《お》い越《こ》したことがある。だれかを待っていたのだろうか。ピンクのブラウスがとても品がよくて、まるで、あかりの下のコスモスの花みたいだった。すれちがう時、目が合って、ふたりはじっと見つめ合った。いや、それは大げさだ……。レモン型の大きな瞳《ひとみ》に、啓太《けいた》が目をそらせなくなってしまったのだ。まちがいなく、ひと目ぼれっていうやつだ。

「一度でいいから、話してみたいけど、無理だよな」

きっとあの子は、自分みたいな普通《ふつう》の男子なんて、気にも留《と》めないだろう。

その時、啓太《けいた》は暗いアスファルトに何か落ちているのを見つけた。

「うさぎのマスコット？　あっ、あの子のだ！」

この前すれちがった時に見たから、まちがいない。バッグにぶら下がっていたやつだ。

まさかのチャンス！　急いで追《お》いかけると、いつかの街灯《がいとう》の下に、あの子が立っているではないか。今だ！　啓太《けいた》は、勇気を出して声をかけた。

「あの、もしかして、これ、落とさなかった？」

女の子は、ハッと啓太《けいた》を見た。その目にはなみだがたまっていた。

「大事なものだったの。ありがとう！　でも、どうしてわたしのだってわかったの？」

「え、えーと、この前ここに立ってた時、たまたま見かけて、覚えてたんだ」

やった！　話ができた！　啓太《けいた》はドキドキを隠《かく》しながら、さりげなく尋《たず》ねた。

「ぼく、橋本啓太《はしもとけいた》。鶴田《つるた》小の六年。きみは？」

「わたし、月本桃子《つきもともも こ》。川上《かわかみ》学園の六年生よ」

川上《かわかみ》学園って、たしか、ずっと昔からある有名な私立《しりつ》小学校だったっけ。

それから、ふたりは時々一緒《いっしょ》に帰るようになった。啓太《けいた》が友だちと別れて角を曲がると、少し先の電信柱のかげから、桃子《ももこ》がひょいっと出てくることもあった。

「待ってたの？」

「うん、そろそろかなって思って」

「夜だから、早く帰ったほうがいいよ。家の人が心配するだろ」

こんなカッコいいことが言えるなんて、自分でも信じられない。

「いいの。お父さんとお母さんは、別のところに住んでるから」

桃子《もも こ》のどこかさびしそうな表情《ひょうじょう》には、何か事情《じじょう》がありそうだった。

いつもの曲がり角で別れるまで、どんなにゆっくり歩いても、せいぜい十分しかかからない。ああ、もっと遠かったらなあ。そんなある日、桃子《もも こ》が言った。

「ねえ、啓太《けい た》くん、文通しない？」

「えっ、文通？」

「いいでしょ？　これ、わたしの住所。啓太《けい た》くんからの手紙、待ってるから」

桃子《もも こ》は啓太《けい た》にメモを握《にぎ》らせると、手を振《ふ》って走っていった。

『堀川町《ほりかわちょう》六丁目十五番地　北側角　椿ノ下《つばきのした》』。いったいどのあたりだろう。

「どうしよう、手紙なんか、書いたことないし」

今どき手紙のやり取りをする小学生なんているんだろうか？　でも、自分の携帯《けいたい》やスマホは持っていないし、パソコンのメールは親と共有だし……。

次の日、百円ショップでレターセットを買い、啓太《けい た》は手紙を書いた。

『桃子《もも こ》ちゃん、元気ですか。ぼくは学校ではサッカーをやっています。きみは、何が好きなの？』

『お手紙ありがとう。わたしは手芸が得意よ。うさぎのマスコットも自分でつくったの』

なぜか、文通を始めてから、夜道で桃子《もも こ》に会うことはなくなった。その代わり、手紙の返事はすぐに来た。学校から帰ってポストをのぞくと、まるで啓太《けい た》を待っていたように手紙が入っている。

『わたし、啓太《けい た》くんが大好きです！』

だんだん、手紙にはそんな言葉も書かれるようになった。

「今時文通かよ！　えっ、ほかの学校の子？」

友だちにからかわれても平気だ。啓太《けい た》は、有頂天《う ちょう てん》になっていた。

その日の封筒《ふう とう》は、少し分厚《ぶ あつ》かった。プレゼント？　と思いながら、開けてみると、

「えっ……」

入っていたのは、いつかのうさぎのマスコットだった。よく見ると、糸はほつれてい

るし、ずいぶん汚《よご》れている。手紙には、こう書いてあった。

『わたしだと思って大事にしてね。啓太《けいた》くんのゾウと取りかえっこしたわ』

(ぼくのゾウ?)啓太《けいた》は、ハッとして塾用《じゅくよう》のカバンを見た。ない……。アニメのキャラクターのエレファンのキーホルダーが……。

(まさか、勝手に取りかえっこ? でも、いつ? 会ってもいないのに)

何がなんだかわからなくて、啓太《けいた》は、言葉をえらびながら返事を書いた。

『うさぎ、ありがとう。もしかしてエレファン、桃子《ももこ》ちゃんのところにあるの? あれは友だちにもらったものだから、あげられないんだ。ごめんね』

その日から、桃子《ももこ》の手紙は、おかしくなった。

『エレファンは女の子からもらったから大事なのね、そうなんでしょう?』

『わたしのうさぎ、どうして見えないところにしまったの。早く出して』

『今日、ユミって子と仲よく帰ったでしょ。わたしのこと忘《わす》れたの?』

(どこかで、見てるのか? ス、ストーカー?)

そのあと、同じクラスのユミが転んでケガをした時は、偶然《ぐうぜん》ではないような気がしてゾッとした。そしてだんだん、啓太《けいた》の体調まで悪くなってきたのだ。胸《むね》が、時々、キリキリとさされたように痛《いた》む。

「啓太《けいた》、このごろ顔色が悪いわ。いったいどうしたの？」

お母さんに尋《たず》ねられて、啓太《けいた》はとうとう桃子《ももこ》のことを話した。

「川上学園《かわかみ》の六年生？　変《へん》ね、川上学園《かわかみ》は、数年前になくなったのよ」

（嘘《うそ》だったのか。もう、文通はやめよう。ちゃんと会って、はっきり断《ことわ》ろう）

決心して、住所を頼《たよ》りに歩いていくと……。そこには、大きなお寺があった。住職《じゅうしょく》さんは不思議そうな顔をした。

「北側っていうのは、うちの霊園《れいえん》の中のお墓《はか》の住所なんだ。北側三とか東側四とかね」

お寺の裏《うら》の北側に案内されると、角に大きな椿《つばき》の木があり、その下に、「月本家之墓《つきもとけのはか》」と書かれた古い墓石《ぼせき》があった。啓太《けいた》は思わず叫《さけ》び声《ごえ》をあげた。墓石《ぼせき》のまわりには、啓太《けいた》が送った手紙がバラバラにちぎられてちらばっていたのだ。

月本桃子《つきもともも こ》ちゃんは、二十年前、川上《かわかみ》学園の六年生の時、あの道で交通事故《じこ》で亡《な》くなったという。手芸の好きなおとなしい子だった。お父さんとお母さんは、熱心にお墓参《はかまい》りに来ていたが、数年前に離婚《りこん》して、遠くの町に引《ひ》っ越《こ》してからは、ぱったりと姿《すがた》を見せなくなったそうだ。そのころから、夜、このあたりで女の子の幽霊《ゆうれい》が目撃《もくげき》されるようになったという。

「親に捨《す》てられたような気持ちなのだろう。さびしくて、同い年くらいの子の前に現《あらわ》れるのかもしれない。さっそく、手厚《てあつ》く供養《くよう》をしましょう」

それから、手紙は来なくなり、啓太《けいた》は心底ホッとして、体調もよくなった。

(でも、まだちょっとだけここが痛《いた》むんだよな……)

啓太《けいた》は胸《むね》をおさえた。

桃子《ももこ》のお墓《はか》の横の、大きな椿《つばき》の木。青々とした葉のかげに、啓太《けいた》の「エレファン」が、釘《くぎ》で打ちつけられていることには、まだだれも気づいていない。

イケメン変身薬

「だれにも言うなよ、田崎《たさき》。実は俺《おれ》、スゴいものを持っているんだ。夢《ゆめ》の薬だ」

友人の木村《きむら》が声をひそめて俺《おれ》にそう言ったのは、金曜日の放課後だった。

生徒玄関《せいとげんかん》で、外履《そとば》きに履《は》き替《か》えながら、俺《おれ》はうんざりして言った。

「どうせまた、マッドサイエンティストのひいじいさんがつくった変な薬だろ？　お前が持ってくる薬は、もうぜったいに信用しない。夢《ゆめ》の薬どころか悪夢《あくむ》の薬に決まってる」

「たしかに、前回の『女の子と心が入《い》れ替《か》わる薬』ではお前に多少の迷惑《めいわく》をかけた」

「多少じゃねーよ！　あの時起こったハプニングは思い出したくもない」俺《おれ》はブルッと身震《みぶる》いした。「ともかく俺《おれ》は、お前のひいじいさんの薬にかかわりを持ちたくないんだ」

「いや、今回は、俺《おれ》がたゆまぬ努力で発明した薬だ。名づけて『イケメン変身薬』だ」

「イケメン変身薬？」あまりにも心惹《こころひ》かれる言葉に、思わず顔を上げる。俺《おれ》は、犬のボストンテリアに似《に》ていなくもない木村《きむら》の大きな顔を見て聞いた。「マジか？」

彼《かれ》はうちの高校でも飛《と》び抜《ぬ》けた変わり者だが、飛《と》び抜《ぬ》けて頭もいい。頭のネジが外れていたとはいえ超優秀《ちょうゆうしゅう》だった科学者のひ孫《まご》なのだから、何か発明してもおかしくはない。

木村《きむら》はダサいリュックサックの中から小さなガラス瓶《びん》を慎重《しんちょう》に取り出して俺《おれ》に見せた。

「これだよ。昨日《きのう》の夜、できあがったばかりの試作品だ」

「試作品かよ。イヤな予感しかないわ」

「この夢《ゆめ》の薬を試飲する名誉《めいよ》をお前に与《あた》えてやろう、田崎《たさき》」

「イヤだね。お前が試飲しろ」

「俺《おれ》は薬の効果《こうか》を客観的に観測《かんそく》する必要がある。なにしろ発明者だからな」

「本当は、どうなるかわかんねーからだろ？　俺《おれ》はぜったいイヤだ！」

木村《きむら》はわざとらしく大きなため息をつくと、「疑《うたぐ》り深いのがお前の欠点だな、田崎《たさき》」と言った。スマホに保存《ほぞん》した一枚《まい》の写真を俺《おれ》に見せる。「これを見ろ」

木村《きむら》が飼《か》っているブサイクなボストンテリアが、公園中のメス犬にすり寄《よ》られている。

「どうだ。いつもメス犬に冷たくされていたこいつが、薬を飲んだとたんにこの通り」

木村《きむら》が俺《おれ》を見つめ、太い眉《まゆ》を片方《かたほう》あげる。「飲んでみたいだろう？」

「お、おう……。そうだな……。一粒《つぶ》だけなら飲んでやらなくもない」

「それができないところが試作品なのだ。この薬の効果《こうか》は、一粒《つぶ》で三分」

「みじかっ！」

「効果《こうか》を持続させるためには、三分に一回、この錠剤《じょうざい》を飲み続けなくてはならない。この瓶《びん》には四十錠《じょう》入っているから、ぜんぶ飲めば二時間はもつという計算だ」

「めんどくせー薬だな。一気飲みすればいいじゃんよ」

「試作品だから、正しく服用しないとなんらかの副作用が起きる可能性《かのうせい》もある。薬の原材料は貴重《きちょう》でなかなか手に入らない。場合によっては、二度と処方《しょほう》できないかもしれないぞ。そんな薬を試飲するチャンスをのがすつもりか？　田崎《たさき》。ほら、後ろを見てみろ」

木村《きむら》に言われて振《ふ》り返《かえ》ったとたん、心臓《しんぞう》が大きく音を立てた。あこがれの春野《はるの》さんがひとりでこっちへ歩いてくる。話しかけることすら恐《おそ》れ多い、学校一の美人が。

木村《きむら》は悪魔《あくま》のようにささやいた。「この薬を飲めば、春野《はるの》さんがお前にひれ伏《ふ》すぞ」

春野《はるの》さんにとっての俺《おれ》は、よく言えば空気のような存在《そんざい》。はっきり言えば眼中《がんちゅう》にすらない。だが、この薬を飲めば春野《はるの》さんが話しかけてくれるかもしれない。

「薬をよこせ、木村《きむら》!」

俺《おれ》は木村《きむら》からガラス瓶《びん》をひったくると、春野《はるの》さんを見つめながらふたを開けた。はやる気持ちで中から錠剤《じょうざい》を一粒《つぶ》取り出し、口の中で噛《か》んで飲《の》み込《こ》む。

すると、たまたま近くを通りがかった女子が、ハッとして俺《おれ》を見た。

「ウソ……。この人だれ? 信じられないくらいのイケメン」

うっとりと俺《おれ》を見る女子の目で、ハッキリと効果《こうか》を実感した。春野《はるの》さんも足を止め、息をのんで俺《おれ》を見ている。春野《はるの》さん……いや、女子のこんな表情《ひょうじょう》を、俺《おれ》は十七年の人生の中で初めて見た。このパラダイスが、イケメンの目に映《うつ》る世界なのか!

だがその時、予想外のアクシデントが起こった。春野《はるの》さんに、別の男が話しかけたのだ。学校一のイケメンと名高い、三年生の斉藤《さいとう》だ。

「クソ。あいつ、俺《おれ》の春野《はるの》さんを誘《さそ》うつもりだな！」

ライバル心に火がついた俺《おれ》は、ガラス瓶《びん》をきつく握《にぎ》りしめた。俺《おれ》が何をしようとしているのか気づいた木村《きむら》が、大声を出して止めようとする。

「よせ、田崎《たさき》！　その薬を一気に飲んだらどうなるか」

俺《おれ》は錠剤《じょうざい》をぜんぶ頬張《ほおば》り、バリバリとかみ砕《くだ》いて飲《の》み込《こ》んだ。とたんに、半径十メートル以内にいた女子が悶絶《もんぜつ》し、「ああ……」とため息をついて倒《たお》れていく。

恐《おそ》ろしいほどの効果《こうか》だった。これが、薬の副作用――。錠剤《じょうざい》の大量服用で、俺《おれ》はイケメンを超《こ》えた超絶《ちょうぜつ》イケメン――そう、スーパーイケメンになったのだ。

すべての女子が俺《おれ》に釘付《くぎづ》けだった。俺《おれ》を見つめる春野《はるの》さんは真っ赤になり、立っているのもやっとというありさまだ。震《ふる》えるその手から、通学カバンがドサリと落ちる。

キザに前髪《まえがみ》をかきあげる俺《おれ》のしぐさで、さらに数人の女子が気絶《きぜつ》した。熱に浮《う》かされたように大きな目を潤《うる》ませ、うっとりと俺《おれ》を見つめて手を差《さ》し伸《の》べる春野《はるの》さん。

俺《おれ》は片手《かたて》をジャケットのポケットに入れ、余裕《よゆう》の笑《え》みを浮《う》かべて春野《はるの》さんに近づいた。

「やあ、春野《はるの》さん。ほのかって呼《よ》んでいいだろ？　自己紹介《じこしょうかい》しよう。俺《おれ》は三組の田《た》」

その時だ。俺《おれ》は自分の腹《はら》が変な音を立てるのを聞いた。かつてないほど強烈《きょうれつ》な腹痛《ふくつう》が俺《おれ》を襲《おそ》う。冷や汗《あせ》が吹《ふ》き出《だ》し、笑顔《えがお》がたちまちひきつった。

「グ……。お、俺《おれ》は……俺《おれ》の名は……」

もはや、限界《げんかい》だ。俺《おれ》は春野《はるの》さんが差し出した手を振《ふ》り切《き》り、キャーキャーと黄色い声をあげながらタックルしてくる女子たちを引きはがして、男子トイレへ駆《か》け込《こ》んだ。

俺《おれ》を興味深《きょうみぶか》そうに観察していた木村《きむら》が、メモを取りつつ言った。

「えー、大量に飲むと、イケメンパワーが増《ま》す。しかし、副作用は強烈《きょうれつ》な下痢《げり》、と。田《た》崎《さき》、よくやった。お前は科学の進歩に身をささげたのだ」

「うるせーわ！　お前の薬はもう二度と信用しねーー！」

錠剤服用後《じょうざいふくようご》、たった三分で腹《はら》を下した俺《おれ》は、残り一時間五十七分のスーパーイケメンタイムのすべてを、せまい男子トイレの個室《こしつ》ですごしたのだった。

さすらうページ

知ってる？　「さすらうページ」の噂《うわさ》。

どの本にまぎれ込《こ》んでいるのか、わからない。どんな本にでも、まぎれ込《こ》める。そんなページ。

読むと、人が変わっちゃうらしいよ。

感動して人が変わるほど、すばらしいことが書いてあるのかって？　まぁ、そういうことにしておいてもいいけど。

ふふふ、ほんとうのこと、教えて欲《ほ》しい？

話してあげてもいいよ。あなたにならば。うん、本を読む人だから。

それは、呪《のろ》いのページなの。

読んでもらえなかった本の、登場人物たちの呪《のろ》い。

あなたの部屋にもあるでしょ、ほこりをかぶったまま、忘《わす》れられちゃった本。本棚《ほんだな》のすみっこでマンガの下敷《したじ》きになってたり、押《お》し入《い》れの段《だん》ボール箱《ばこ》の中とか。

部屋になかったとしても、本屋さんに行けば、買ってもらえず、読まれることもなく泣いている本がたくさんあるわ。

そんなふうに、読んでもらえないまま忘《わす》れさられ、消えていく本の登場人物たちの無念が怨念《おんねん》となって、さすらうページを生み出したの。

おもしろくないのが悪いんだからしかたない、ですって？　ひどーい。呪《のろ》いが強くなっても知らないから。

どうなるのかって？

乗《の》り移《うつ》られちゃうの。そのページにこもる怨念《おんねん》に。そうそう、体を乗っ取られるってことよ。

ふふ、見た目は変わらないの。けれど、キャラや人生が変わる。

たとえば主人公の友人Aに乗っ取られたなら、その後の人生、ずっと脇役《わきやく》。性格《せいかく》はいいのに、いつもだれかの引き立て役。ライバル役に乗っ取られたなら、いつもだれかと張《は》り合《あ》って勝ち負けにこだわる。そのくせ、決していちばんには、なれない。

あなたのまわりにも、そういう人、いるでしょ。

信じられない？　あら、頭が固いのね。証拠《しょうこ》を見せろ？　そうねぇ、見せてあげてもいいけど、もうちょっと待って。

どうやって、乗《の》り移《うつ》るのか、話してあげるから。

そのページを読んでいる目から、侵入《しんにゅう》するの。まずは目の表面にヒタンと張《は》りついて、まばたきで目玉の後ろ側にグルンとまわり込《こ》む。そして脳《のう》へヌラヌラと染《し》み込《こ》むの。脳《のう》みそが体の司令塔《しれいとう》だもの。てっとり早くて、体にダメージを与《あた》えない方法よ。

ヒタン、グルン、ヌラヌラ。まばたきのたびに少しずつ。

ヒタン、グルン、ヌラヌラ。痛《いた》くもかゆくもないから、気づかない。

ヒタン、グルン、ヌラヌラ。ふふふ、あと、もう少し。脳《のう》みそ全体に染《し》み込《こ》んだら、決めの言葉で、引導《いんどう》を渡《わた》す。ふふ、区切りくらいは、つけてあげる。乗《の》り移《うつ》られたことも気づかず消えてしまうなんて、かわいそうだもの。同《どう》情《じょう》するだけで、中止にはしないけれどね。

なんだか、目が乾燥《かんそう》する？　そう、それが唯一《ゆいいつ》の自覚症状《しょうじょう》。目の粘膜《ねんまく》に引っついたり離《はな》れたりをくり返すから、どうしてもね。

あ、今、逃《に》げようとしたでしょ。でも、もう、遅《おそ》い。あなた、ここまで、読んじゃったもの。あなたの体はもう、わたしのもの。

そう、ここが、〈さすらうページ〉。わたしは、読まれないまま消えた本の、主人公。あなた、運がいいわ。これからは波乱万丈《はらんばんじょう》、感動的な人生よ。まぁ、あなたは消えちゃうわけだから、体験できないんだけどね。体は大切に使うから安心して。

じゃ、決めさせてもらうね。読んでくれてありがとう。

「The《ジ》 End《エンド》」

● 執筆担当

桐谷 直（きりたに・なお）

新潟県出身。児童書を中心に、幅広いジャンルを執筆。近著に『冒険のお話を読むだけで自然と身につく！　小学校で習う全漢字1006』（池田書店）がある。

ささき あり

千葉県出身。『おならくらげ』（フレーベル館）で第27回ひろすけ童話賞受賞。ほかに『ぼくらがつくった学校』『ふくろう茶房のライちゃん』（ともに佼成出版社）などがある。

染谷果子（そめや・かこ）

和歌山県出身。著書に『あわい』『ときじくもち』『あやしの保健室1・2』（以上、小峰書店）、共著に『タイムストーリー・5分間の物語』（偕成社）などがある。

長井理佳（ながい・りか）

童話作家、作詞家。童話に『黒ねこ亭でお茶を』（岩崎書店）、『まよいねこポッカリをさがして』（アリス館）ほか。作詞に『山ねこバンガロー』『行き先』『風の道しるべ』ほか多数。

近藤順子（こんどう・じゅんこ）

名古屋市出身。静岡県在住の作家兼ライター。8歳と3歳男児の母。WFPエッセイコンテスト2012最優秀賞をはじめ受賞歴多数。著書に『ないしょの夜おやつ』（ナツメ社）などがある。

ささき かつお

東京都出身。2015年に『モツ焼きウォーズ～立花屋の逆襲～』で第5回ポプラズッコケ文学新人賞大賞を受賞。近著に『空き店舗（幽霊つき）あります』（幻冬舎文庫）。

たかはし みか

秋田県出身。小中学生向けの物語のほか、伝記や読み物など児童書を中心に活躍中。著書に「もちもちぱんだ　もちっとストーリーブック」シリーズ（学研プラス）がある。

萩原弓佳（はぎわら・ゆか）

大阪府出身。創作コンクールつばさ賞童話部門優秀賞受賞の『せなかのともだち』（PHP研究所）で2016年にデビュー。2017年、同作で第28回ひろすけ童話賞受賞。

装丁・本文デザイン・DTP	根本綾子
カバー・本文イラスト	吉田ヨシツギ
校正	みね工房
編集制作	株式会社童夢

3分間ノンストップショートストーリー
ラストで君は「まさか！」と言う　望みの果て

2017年12月27日　第1版第1刷発行
2022年10月25日　第1版第6刷発行

編　者　PHP研究所
発行者　永田貴之
発行所　株式会社PHP研究所
東京本部　〒135-8137　江東区豊洲5-6-52
児童書出版部　TEL 03-3520-9635（編集）
普及部　TEL 03-3520-9630（販売）
京都本部　〒601-8411　京都市南区西九条北ノ内町11
PHP INTERFACE https://www.php.co.jp/
印刷所・製本所　凸版印刷株式会社

ISBN978-4-569-78726-8

NDC913　207P　20cm